極愛婚

～(元）極道社長に息子ごと溺愛されてます～

m a r m a l a d e b u n k o

麻生ミカリ

マーマレード文庫

目次

極愛婚
～（元）極道社長に息子ごと溺愛されてます～

プロローグ
たった一度の七夕に

七月の、梅雨明けやらぬ夜だった。

夕方まで続いた小雨が、まだ道路を湿らせている。

雲間から薄く覗《のぞ》いた月は力なく、どこかおぼろげに彦星《ひこぼし》と織姫《おりひめ》の逢瀬《おうせ》を見守っているようだった。

「好きだ、妃月《ひづき》」

情熱的な声で名前を呼ばれ、胸の奥がぎゅっとせつなさに締めつけられる。

古いマンションの室内に、月光がほのかに射《さ》し込む。

カーテンを開けたままのベランダに、季節外れのクリスマスツリーのような形をした観葉植物がすっくと立っている。

ベッドの上、互いの体を抱きしめるふたりを誰も知らない。

「ほんとうは、ずっとおまえを抱きたかった」

甘くかすれた声から、彼の熱が伝わってくる。

生まれて初めて恋をした。

こんなに誰かを好きになれるなんて、知らなかった。

「妃月のことが、好きでたまらない」

「有己《ゆうき》さん……」

彼の腕に抱きしめられて、妃月はそっと目を伏せた。

有己の胸に頬を寄せていると、自分が生きていることを強く実感できる。

体の内側から聞こえる自分の心音よりも、彼のしなやかな筋肉の奥に存在する心臓のほうが、妃月の存在を意識させるのだ。

「わたしも、あなたのことが――」


あれはもう遠い、五年前の七夕の夜の出来事。

どこにいても、誰といても同じだと思っていた。

自分には帰る場所がなく、ただいまを言う相手がいない。

みんなが当たり前に持っているそれを持っていないというだけで、孤独はいつも心に渦《うず》を巻いていた。

何かをがんばろうと思う気持ちが、穴の空いた心からこぼれ落ちていく。

自分が努力したところで、どうしようもない。

どうせ、幸せになんてなれっこない。

そんな言い訳ばかりを用意して、逃げ道を探していた。

最初から逃げていたわけではなかったけれど、何度も何度も心を挫《くじ》かれて、前向きな気持ちはすっかり折れてしまった。

そして、あきらめることばかりが得意になった自分。

最初から期待しないほうがラクだと言い聞かせた。

そうすれば、裏切られることも悲しむこともなくなる。

どこにしても、誰といても、自分は必要のない存在だった。

あの人に、会うまでは。

――あの人がいたから、今のわたしがいる。

向坂《さきさか》妃月には、人生を変えてくれた人がふたりいた。

ひとりは、五年前に心から愛して、自分のすべてを預けた彼。

そしてもうひとりは――


妃月が彼と出会ったのは、十九歳のときのこと。

十代最後の夏を、彼と過ごしたことをきっと一生忘れない。

七月七日、二十歳の誕生日。

彼が愛を教えてくれたから、妃月は今も生きていける。
もうあきらめない。うつむかない。
幸福の形なら、知っているから。

第一章
思いがけない再会

「向坂《さきさか》さん、ちょっと」

窓を背にした上司に名前を呼ばれ、ため息をつきたくなる。

周囲の社員たちが、ご愁傷《しゅうしょう》さまとでも言いたげな顔をした。

これは、妃月《ひづき》にとってはひどく日常的なことだった。

「はい、なんでしょうか」

都心にある二重丸《にじゅうまる》不動産は、この一年、業績不振にあえいでいる。

宅地建物取引士の資格をとって就職したこの会社で働きはじめて、もう三年が過ぎた。

当初から先行き不透明な様子は感じていたけれど、それは二重丸不動産だけの話ではない。

大手ゼネコンと呼ばれる企業の羽振りがよかったのは、妃月が生まれるより十年以上も昔の話。

二重丸不動産の社長である丸岡二郎《まるおかじろう》は、バブル期の話を懐かしむように話す。

もちろん、妃月が直接社長と話す機会などない。

社長の話は、月に一度の朝会で聞くだけだ。

「金曜に麻布で取引先と食事の予定があるのは知ってるよな？」

社長の長男、丸岡健二《けんじ》。

部内でも部外でも悪名高いセクハラ男なのに部長職に就いているのは、ひとえに彼の出自が理由だという。

「ええ、先日部長から聞いています」

——参加のお断りもしたはずですけど？

失礼に当たらないよう、心の声は喉の奥で噛《か》み殺す。

「先方から、女性社員も連れてきたほうが円滑に話ができると言われてるんだ。向坂さんならほかの若い子と違って、男の扱いも困らないだろ？　なんとか都合つけて参加してもらいたいんだよ」

妃月は今年二十五歳になった。

年齢的には、彼の言う若い子に含まれておかしくない。

しかし、そこをあえて差別化してくるのには理由がある。

「部長にせっかく評価していただいて申し訳ないんですが、夜は家を空けられないものですから。それにお取引先の皆さまも、わたしなんかが同席したら重要なお話ができなくてお困りになりますよ。部長にだけお話になりたいこともおありなのではありませんか？」

「ま、まあ、たしかにそれもそうか。先方も部長クラスが来るはずだからな」

ことさら部長を強調した妃月に、相手はまんざらでもない表情で「戻っていい」と言った。

席に戻って賃貸物件の資料作成をしていると、ほどなくして十二時になる。

「向坂さん、お昼行きましょう」

向かいに座る片倉映美《かたくらえみ》に誘われて、妃月は作業していたファイルを上書き保存した。

「もう十二時でしたね。うっかりするところでした」

「この間も、それで十二時半ぐらいまで仕事してましたもんね」

妃月の配属された営業二部は、主に用地仕入れを行っている。

マンションやビル、その他さまざまな建物を建築するための土地を購入する部署だ。

実際には、今の東京に空き地はほとんどないため、古い上《うわ》モノのある土地を選定し、土地の所有者や管理をしている不動産会社を調べ、購入を検討する際には価格交渉をする。

購入した土地は、自社で建設を行うのではなく大手他社に売ることがほとんどだ。

不動産会社といっても、二重丸不動産には自社建設を行えるだけの体力がすでにない。

遠からず買収か吸収合併されるというのはもっぱらの噂《うわさ》だ。

「あー、やだやだ。マルケンったら、また向坂さんにヘンな誘い方してましたよね！」

オフィスをあとにすると、映美はさも嫌そうに顔を歪《ゆが》める。

マルケンというのは部長のあだ名だ。

「前も断ってませんでした？　しつこすぎますよ」

「でも、そんなに食い下がってこないところはありがたいですよ」

笑顔でかわせる程度の嫌がらせなんて、かわいいものだ。

「向坂さん、心広すぎ！」

「そんなことないですけどね」

二十五歳の今だからこそできること。

二重丸不動産に勤めるよりずっと以前、まだ十代のころに初めて働いた職場にいたころはできなかった。

飲み会の席ではべたべたと肩や背中にさわられて、うまく断る言葉を知らずにうつむいてばかりだったのを覚えている。

——あのころのわたしが、今みたいな対応をできていたら……

休憩所に向かう途中、映美が「そういえば！」と急に大きな声を出す。

「明日ですよ、明日！」

「え、何が……？」

「なんか、雑誌に載ってたイケメン社長が来るらしいんですよ。ほら、うちの会社危ないって話じゃないですか。買収とか合併とか、そういう話らしいですけど」

自社が買収されるかもしれないという緊張感よりも、購入を検討している相手企業の社長がイケメンだという点に興味があるのは映美らしい。

短大を卒業して就職した映美は、いつも華やかで明るい女性だ。

営業二部以外にも親しくしている社員が多く、映美と一緒に昼休憩を過ごしているだけで知り合いがどんどん増える。

いったいどこで、知り合うのだろう。

「イケメン社長ですか。わたしには縁のない話かなー」

「もう、そんな日和《ひよ》ってちゃダメですよ、向坂さん！　一緒にイケメン探しがんばりましょう！」

「あはは、そうですね」

とは言ったものの、妃月は恋人を求めていない。

そういう気持ちで近づいてくる男性には、事情を説明して最初にシャットアウトする。

少しでも相手の時間を無駄《むだ》にしないため。

そして、関わりを持たずに済ますためだ。

「なんか最近、二部ってほんとやることないですよね」

「用地仕入れなんて、実際はほとんど調査までで終わってますし、本格的にまずそうですね」

「あー、イケメン社長がうちの会社をいい感じに吸収合併して、わたしを見初《みそ》めてくれたらいいのにっ」

二歳の差が、今はもっと大きく感じる。

——年齢だけじゃない、かな。

二年前の妃月も、やはり今と同じく異性に興味は持っていなかった。

「今日も定時上がり、余裕っぽいのはありがたいですけど」

「向坂さん、違う部署の作業まで引き受けてるのに定時で上がれるの、ほんと尊敬です……！」

「待ってるオトコがいるので、そこだけはがんばってます」

冗談めかして言うのと、休憩所に到着するのは同時だった。

「そうですよね。向坂さんには待ってるオトコがいるんでした。あーあ、いいなあ。コウちゃんの写真、また見せてください」

「もちろん」

にっこり微笑《ほほえ》んで、妃月は手にしたランチバッグをテーブルに置く。

§　§　§

暦《こよみ》の上では秋になり、日に日に夕暮れが早まってきていた。

会社から電車で自宅の最寄り駅に帰ると、妃月は地下駐輪場から自転車を引いて地上に出る。

空には三日月が白い光を揺らしていた。

「さーて、と」

自転車にまたがり、向かう先は自宅と反対方向。

毎朝毎夕、自宅アパートから二キロ先にある場所へ自転車で通うのが妃月の日課だ。

歩いているときは気にならないが、夕方になるとハンドルを握る手が冷たく感じる。

冬ともなれば、手袋をしていても指先がジンジン痛い。

それでも、毎日こうして自転車を漕いでいる仕事帰りが幸せなのは、妃月を見つけた彼が満面の笑みを浮かべるから。

目的地に到着すると、いつものように「まーまー」と高い声が聞こえた。

「コウちゃん、ただいまー」

妃月が迎えに来るより早く、靴を履いて待っている愛しい息子。

来年の三月で五歳になる幸生《こうせい》が、全力で駆け寄ってくる。

「あ、こら、そんなに走らない。危ないから！」

「ママ、おかえりー」

どすん、と思い切りぶつかるように抱きついてきた幸生が、ニコニコとこちらを見上げてきた。

「はい、ただいま」

よっ、と小さく声を出し、息子を抱き上げる。

先週測ったときには十三キロになっていたが、平均体重よりまだ少し小柄な子だ。

あとどのくらい、こうして抱っこできるだろう。

息子の成長を喜ばしく感じるのと同時に、抱き上げられる時間がどんどん減っていくのが少しだけ寂しくもある。

「お疲れさまです。幸生くん、今日は金魚のエサやりをしてくれました」

保育士と二言三言、会話をかわし、挨拶《あいさつ》をして保育所をあとにする。

いつしか、空はとっぷりと夜の帳《とばり》に覆《おお》われていた。

築三十九年の古いアパートに帰りつくと、幸生と手をつないで階段をゆっくり上る。

ふたりの暮らす部屋は、二階の角部屋だ。

1LDKの間取りは広いとまでは言えないけれど、ベランダが広いのが気に入って選んだ物件だった。

「ママ、きょう、さらちゃんがドーンってしたの」

「ドーン？　転んじゃったのかな？」

「ううん、あのね、きんぎょのエサしてたらね、ドーンって」

四歳ともなれば、子どもによっては流暢《りゅうちょう》に会話ができる子もいるけれど、幸生はまだあまりお話が得意ではない。

妃月自身も、幼いころは話すのが苦手だった。

母のスカートの裾を握りしめ、必死に話しかけていたことを思い出す。

残念ながら妃月の母は、言葉の遅い娘とじっくり会話をしてくれる人ではなかった。

「まどにね、きんぎょの絵があるの。そこにボール、ドーンってなったの」

「ああ、窓に金魚、あるねえ。そこにボールをぶつけちゃったの？」

「そう！」

話が伝わって、嬉《うれ》しそうに幸生が笑顔を見せる。

手洗いとうがいを終えて、息子の洋服を着替えさせると妃月はキッチンに立った。

妃月は未婚の母である。

幸生の父親には、妊娠が発覚する以前に別れを告げて、それ以来一度も会っていない。

実母とも長らく連絡をとっておらず、今どこでどうしているのかも知らない。

頼れる相手は、誰もいなかった。

けれど、だからといって不幸なわけではないことを、誰よりも妃月自身が知っている。

「コウちゃん、夜ごはんオムレツだよー」

「やったー」

帰ってくるとすぐにお絵かき帳を開いて、幸生はクレヨンを握っていた。

言葉はまだうまくないけれど、そのぶん幸生は絵を描くのがじょうずな子だ。

生き物や植物に興味があり、ベランダのプランターに毎朝水やりをするのが大好きな、優しい息子。

父親の顔も知らない幸生をかわいそうと言う人がいたとしても、息子が心優しく素直ない子に育っていることを妃月は何より幸せだと思う。

「おむれつー、おむれつー、きいろいおむれつー」

節《ふし》をつけて歌いながら、楽しそうに絵を描いている息子を見つめて目を細めた。

——ほんとうは、会わせてあげたい。

それは、どちらに対しての気持ちなのか、自分でもわからない。

息子に父の姿を見せてあげたいのか。

あるいは、かつて愛した人に息子の姿を見せてあげたいのか。

嫌いになって別れたわけではなかった。

彼のことを心から愛していたからこそ、離れることを選んだ。

——なのに、今さら会いたいなんて言えるわけないよね。

息子とふたりの生活は、毎日驚きと幸せであふれている。

それでもときどき、ほんの少しだけ、あの人を恋しく思う。

五年前、ひとりぼっちだった妃月に優しい両腕を広げてくれた、あの人に。

§　§　§

翌朝、スマホのアラームが鳴らないことを不思議に思いながら目を覚ますと、セットした時間より四十分も早かった。

――なんか、いい夢を見たような気がする……

隣の布団に目を向けると、いるはずの息子が見当たらない。

「えっ……、幸生？」

急激に目が覚めて、妃月は布団から起き上がる。

まだ五時半だ。

幸生は、部屋の電気がついていないとひとりでトイレに行くのも怖がる。

――それなのに、どうして？

慌ててリビングに向かうと、ベランダに続く窓のカーテンが、一部分だけ盛り上がっていた。

「コウちゃん？　幸生っ？」

バッとカーテンを引き寄せる。

「あ、ママ、おはよう」

「……っ、おはよう。びっくりしたぁ……」

フローリングにぺたりと座っている息子の姿を確認し、妃月はへなへなとその場にしゃがみ込んだ。

「こんなところで何してたの？　まだお外暗いでしょ」

「あのね、コスモスがさくのをまってるの」

三畳ほどある広いベランダには、幸生ひとりで勝手に出てはいけないと教えている。

そのおかげか、窓の鍵をかけてあったおかげか、幸生はガラス窓にひたいをこすりつけて、ベランダに置いたプランターを見ていたようだ。

「コスモス、まだつぼみができたばかりだよ？」

「でも、おはなになってるゆめをみたの。まだつぼみだったから、さくのをまってたんだよ」

「そっか。コウちゃんは早起きだね」

少し冷えた息子の体を背後からぎゅっと抱きしめる。

「ママ、コスモスがさいたらおはなみする？」

「お花見かぁ。そろそろ寒くなってきたから、お部屋の中でお花見しようか。あったかいココアを飲むのはどうかな」

三歳を過ぎてから、幸生にはときどき幼児用ココアを牛乳で作ってあげている。

普段からあまり甘いお菓子を多く食べさせていないこともあって、ココアは向坂家では特別な飲み物だ。

「やったー、ココアー。おはなみはココアのむー」

幸生は、嬉しそうに両手を突き上げた。

ココア、セミの抜け殻、赤とんぼ。

それは、昨年の秋に幸生が大好きだったもの。

――四歳のコウちゃんは、もっと好きなものが増えるのかな。

サラサラと指の間をこぼれ落ちていく、やわらかな髪。

妃月と違って、幸生の髪は毛先がくるりと弧《こ》を描く。

父親の髪に似たのだろう。

「ママ、ぷあんたー、お水あげる？」

「そうだね、一緒に水やりしようか」

「はーい！」

立ち上がった幸生が、リビングの衝撃吸収マットの上をぱたぱたと走って洗面所へ向かう。

「あっ、コウちゃん、マットの上以外は、」

「はしらない！　あるく！」

——ほんとうに、幸生は素直ないい子。

ひとりっ子だからか、もともとの性質も関係しているのかはわからないが、短かったイヤイヤ期を除けば息子はとても聞き分けがいい。

一度注意されたことは、なるべく守ろうと気をつけているのも知っている。

それでも幼い子どもなので、ときに失敗することや、してはいけないことをすることもあった。

そういうときにはちゃんとごめんなさいができるし、今朝だって「ひとりでベランダに出ない」という約束をちゃんと守っていた。

妃月が見ていないところでも約束を守る幸生に、愛しい気持ちと申し訳ない気持ちが渦《うず》を巻く。

保育所で見るほかの子は、幸生よりずっと気ままで自由奔放《ほんぽう》だ。

——わたしは、幸生に気を遣《つか》わせているのかもしれない。

シンママ家庭で、ほかに親戚もいない生活は、幸生を無意識にいい子でいさせている可能性がある。

もちろん、どの家庭でもそうだというわけではなく、妃月の育て方や環境がそうさせているかもしれないのが不安だ。

「ママ、じょうろもってきたよ。おみずくーだーさい！」

「はーい、お水くみますよー」

アヒルの形をした子ども用じょうろを受け取ると、妃月はキッチンで水を入れる。

小さなじょうろでは、水やりだけで何往復もしなければいけない。

以前は妃月もガーデニング用のじょうろで一緒に水やりをしていたのだが、「ぜんぶぼくがしたい」と息子が言うので、時間が差し迫っているとき以外は幸生の望むようにさせることにしている。

まだ薄暗い外に出ると、風が秋の香りを運んできた。

「寒くない？」

「へいき」

広いベランダには、野菜と植物のプランターがいくつか並んでいる。

支柱を立てているのはスナップエンドウ。まだ植えたばかりなので、小さな芽がいくつか顔を出したところだ。

野菜のプランターは、防虫ネットをかけている。そうしないと、虫だけではなく鳥に芽を食べられてしまうことがあるからだ。

小松菜は先週、この秋最初の収穫をした。カブと小松菜のシチューを幸生は気に入ったらしい。

もう花を咲かせているのは、白いシュウメイギク。多年草で、このアパートに引っ越してきて最初に育てた植物だが今も元気に花をほころばせている。

四回ほどキッチンとベランダをふたりで往復して、すべての水やりが終わった。

「こなつまのシチューおいしかったね」

アヒルのじょうろを持つ幸生が、小松菜とうまく言えずにニコニコしている。

「コウちゃん、小松菜いっぱい食べてたねえ」

「うん、ぼく、こなつなすき！」

――やっぱり言えてない。かわいいなあ。

「さーて、そろそろごはんの支度しようか。今朝はパンに何塗《ぬ》るかなあ？」

「ぼく、いちごバター」

「了解、じゃあ、じょうろお片付けしてきてね」

「はーい！」

お金持ちではないかもしれない。

親戚もいないし、旅行もしたことがない。

けれど、妃月と幸生は毎日健やかに暮らしている。

それがかけがえのない日常だ。

§　§　§

いつもどおり、幸生を保育所にあずけてから出社する。

営業二部は、営業部とはいえど普段から他社や地主のところへ出向く仕事が多いわけではない。

そのおかげで定時上がりできる。

とはいえ、残業の少ない部署というのは、残業が絶対にない部署という意味ではない。

ときに帰りが遅くなる日もあり、そういう日は保育所に連絡をして延長保育を利用する。

夜間保育が頼める保育所に入ることができたのは、ほんとうに運が良かった。

ファミリーサポートセンター、病児保育サービスなど、状況に応じて有料サービスも併用している。

幸生はおとなしくて優しい子だが、そのぶん少々人見知りなところがあった。どうしても仕事を休めない日に幸生が熱を出したとき、病児保育のできるシッターさんが来てくれていても、息子を置いて会社へ行くのはひどく後ろめたい気持ちになったのも事実だ。

頭ではわかっている。

幸生とふたりで生きていくために、妃月はどうしても仕事をしなければいけない。

――いけない。朝から、なんだかしんみりしちゃった。

気持ちを切り替えて、妃月は仕事の準備に取り掛かった。

「向坂さん、ちょっと」

「はい」

いつもの部長の呼びかけに、向かいの席の映美が「あーあ」と言いたげな顔をする。

だが、実際は人前で呼び出されるときはそこまで困る内容ではない。

以前に帰り際、給湯室に強引に押し込まれたときのほうが逃げるのに苦労した。

――だから、オフィスで声をかけられるのはマシなほう。

部長とて、衆人環視の前で昼日中から体にさわってくるわけではないのだ。

多少面倒なことを言われても、笑ってかわしていればいい。

「今日、いやな客がくるんだよ」

「そうなんですか?」

「ああ、それでね、社長とも話したんだけど空気を良くするためにきれいどころにお茶でも運んでもらおうかってことになったんだ」

いやな客というのは、映美が言っていた噂のイケメン社長だろうか。

——買収が真実味を帯びてきた。

自分にあまり関係なさそうな世間話に、妃月はふわっと相槌《あいづち》を打っていた。

「じゃあ、決まりだ。よろしく頼むよ」

「え、あ、はい」

「いざとなったら、色仕掛けで相手を黙らせてやってもいいから」

——ん? なんの話?

「AKINOだかAKITAだか知らないが、ひよっこの成金社長ごとき、我が社から見れば赤ん坊みたいなものだからな。向坂さんもそういう気持ちでお茶出ししてくれ」

「……はい」

興味のない話だったので、仕事中とはいえども上の空で聞いていたのが悪かった。

なぜか、今日来社する客人たちにお茶を出す係を拝命してしまったのだ。

「ちょっとちょっと、向坂さん！」

席に戻ると映美が小声で話しかけてくる。

「お茶出し、わたしも手伝いたいです！」

「いいんですか？」

「もちろん、喜んで！」

彼女の魂胆《こんたん》はわかりやすい。

だが、美人にお茶を運んでもらいたいというのなら、妃月よりも映美のほうがすらりと長身で華のあるタイプだ。

残念ながら、妃月はどちらかというと童顔で、年齢よりも幼く見られることが多い。

鏡に映る自分は、お世辞にも美人やきれいどころといった呼び名とは程遠かった。

――だからこそ、さっきの話は無関係だと思ってしまったんだけど……

「片倉さん」

そこに部長の声が響く。

「今日は向坂さんに頼むって決めているんでね。きみは遠慮して」

「はぁーい」

不満げな映美の返事を聞きながら、妃月は少し訝《いぶか》しい気持ちを抱いた。

――なぜ、わたし？

丸岡部長のことだから、何かたくらんでいるのかもしれない。

彼には一度、ひどく失礼なことを言われたことがある。妃月はそのことを、今でも覚えていた。

給湯室に強引に連れ込まれたときのこと。

彼は逃げ場を塞《ふさ》ぐようにシンクに手をついて、卑《いや》しい表情で妃月を見下ろして口を開いた。

『無理しなくていいんだぞ、向坂さん。きみ、人に言えない相手との子どもを育ててるんだろう？　ひとりじゃ何かと大変だ。困っているなら、私が助けてやってもいい』

たしかに、妃月は結婚せずに子どもを産んだ。

だからといって、一方的に相手に非があると決めつけられるのは不愉快だった。

『いえ、わたしは……』

『清純そうな顔をして、アッチのほうはけっこうお盛んなんじゃないのか？　私が誰の息子か知っているだろ。きみがまじめに働いても子どもに買い与えられないものを買ってやることもできる』

悔しい、と思った。

世の中に、ひとり親家庭はたくさんいる。

社内にだって、シンママもシンパパもいるし、営業二部の男性社員でも男手ひとつでふたりの子どもを育てている者がいた。

それなのに、妃月と幸生の幸せな時間を何も知らず、勝手に貧乏生活をしていると決めつけられる。

実際、部長とくらべたら給与だって知れたもの。

だが、贅沢《ぜいたく》をしなければ親子ふたり暮らしていくだけの稼ぎはあるのだ。

『お気遣いありがとうございます。ですが、特別に優遇していただいてはほかの社員の手前示しがつきません。何より、ご家庭のある部長におかしな噂がたっては、社長にも奥様にも面目が立ちませんので』

相手が大人の関係を要求しているのを知っていてなお、妃月は気づいていないふりで返事をした。

『ん？　いや、まあそれはそうだが』

『社員をひとりずつよく見てくださっていることに感謝いたします。さ、早く給湯室から出ましょう。部長に不名誉な噂が流れるのは困りますから』

あくまで彼の面目《めんぼく》をつぶさないよう、その場は逃げることができた。

以前から、何かと理由をつけて妃月とふたりで出張に行きたがったり、現地調査に勝手についてきたりする男だ。

部長に対して不快な気持ちもあったけれど、何よりもそんなふうに相手がつけこんでくる隙があると思われる自分が悔しかった。

——人に言えない相手の子どもなんかじゃない。もし、わたしの妊娠を当時のあの人が知っていたら、絶対に一緒に育てると言ってくれた。

ある意味では、たしかに人に言いにくい相手——というのは否定できないのだが。

——お盛んも何も、わたしが知っている男性はたったひとり。経験豊富どころか、恋愛経験値の低さには自信がある。

シンママだからと勝手な憶測をされるのは、自分自身に対してではなく息子や愛した人に失礼な話だ。

だからこそ、妃月はこれまで仕事の手を抜いたことはない。

幸生が体調を崩したときも、泣く泣くシッターにお願いして出社した。

慣れない保育所に送っていったとき、「ママ、やだ、ママ」と泣いて追いかけてくる息子を振り返らなかった。

あの子を愛しているから、後ろ指をさされるような生き方はすまいと心に誓って生きてきたのである。

――そういう意味では、セクハラ部長って、わかりやすいネガティブな意見をわたしにぶつけてきてくれたから、それをバネにがんばれるところはある……のかな。

子育てをするようになってから、ぐずぐずと悩むことが少なくなったと感じる。落ち込んでいる暇《ひま》さえない日々。

目を離したら、ほんの一瞬で幸生は成長する。

昨日までできなかったことが、今日にはできるようになり、日一日と育っていく。

何より、妃月の気持ちが落ちていると幸生はすぐに「ママ、だいじょうぶ？」と気にする子だ。

――だから、わたしは前向きでいなきゃ。お茶出しくらい、いくらでもしてあげましょう。これも仕事だと思えば気楽なもの！

実際、面倒な地主を説得するよりよほど簡単な作業だ。

丸岡部長が何をたくらんでいるのかは知らないけれど、笑ってかわしてさっさとオフィスに戻ってくればいい。それだけのこと。

「あーあ、あとでＡＫＩＮＡの社長がイケメンだったか教えてくださいね」

「……はい」

映美に返事をしつつ、妃月の脳裏で引っかかるものがある。

先ほど部長はAKINOだかAKITAだか、と言っていた。あれは今日の客の社名だろう。

——AKINAって……ううん、そんなわけない。ただの偶然よ。

仕事に集中しようとするのに、頭の中にあの人の声が聞こえてくる。

『好きだよ、妃月』

『これからはずっと一緒だ』

『俺は、どんなことがあってもおまえと一緒にいたい——』

そうして、やっと思い出す。

今朝、何かとてもいい夢を見た気がした。

あれは、彼の夢だったのだ、と。

§　§　§

十四時、その一団は背の高い男性を先頭に二重丸不動産へやってきた。

若くて凛々《りり》しい社長を筆頭に、総勢六名。

決して多い人数ではないけれど、少数精鋭《せいえい》という言葉がしっくりくるような、引き締まった雰囲気《ふんいき》でエントランスを闊歩《かっぽ》していたという。

というのは、あとから聞いた話だ。

なにせ、妃月は来客前までいつもどおり営業二部の自席で仕事をしていたのだから、そんな様子を見ていたはずもない。

――十人以上のお茶って……けっこう準備が大変なんだけど。

社長室のあるフロアに移動し、給湯室でコーヒーのドリップをやっと終えた。

人数を考えれば、近場のコーヒーショップに仕出しを頼んだほうがよほどおいしいコーヒーを準備できるのではないだろうか。

「はあ……」

以前にも、何度かこうして社長の来客でお茶出しを頼まれたことがあった。

決まって、丸岡部長が同席するときだ。

当時は長年秘書を務めたベテランの女性社員がいた。

彼女は玉露を淹れるのが得意で、妃月も彼女から教わった。

その秘書も、今はいない。

昨年十月に退職し、社長秘書は空席のまま。

そして、かつては玉露を準備していた給湯室に今あるのはコーヒーと紅茶だけ。

――節約なんだろうけど、やっぱりうちの会社って危ない気がする。

買収や吸収合併になった場合、今までと同じ部署で仕事をしていけるのだろうか。

もしも残業の多い部署に移動になったら、頼れる人もいない状況で幸生を育てていくのに支障が出る。

――いざというときは、転職も考えないといけないんだ。

妃月にとって、仕事は生計を立てるためのものでしかない。

もちろん二重丸不動産には感謝しているし、今までどおりの仕事をしていけるのが理想ではあるけれど、仕事よりも幸生との生活が最優先だ。

「よし！」

気合いを入れて、コーヒーワゴンの上下段いっぱいにコーヒーカップとソーサー、おかわり用のコーヒーサーバーを積んで、妃月は給湯室を出た。

来客の人数も多いため、会場は役員フロアの会議室だ。

普段は誰も使わない高級感あふれる部屋だが、正直なところわざわざ足を踏み入れたいとも思わない。

「失礼いたします」

ノックをしてから、会議室に足を踏み入れる。

ワゴンを入り口近くに置き、サイドテーブルにソーサーを並べ、コーヒーカップの底を真新しい付近で軽く拭ってから一脚ずつソーサーにセットしていく。銀色のスプーンに砂糖とミルク、さらに小さなチョコレートを添える。

ひと言でお茶出しというけれど、入社したばかりのころ、妃月にはコーヒーの出し方すらわからなかった。

――ああ、そっか。だから、前の社長秘書にお茶出しの仕方を教わって知っているわたしを、部長は指名したんだ。

サイドテーブルにコーヒーを並べ終えると、トレイに二脚ずつカップとソーサーを並べ、来客側の上座に運んでいく。

まだ打ち合わせは始まっていない。

「失礼いたします」

相手の右側からコーヒーを机に置くと、黒髪の男性が不躾《ぶしつけ》に振り向いた。

一秒にも満たない当惑と、それに続く信じられない思い。

「……っ、ゆ」

見間違えるわけがない人。

毛先に少しクセのある黒髪をオールバックにセットして、見慣れない眼鏡《めがね》をかけている。

彫りの深い顔は五年前と何も変わらず、高い頬骨が精悍《せいかん》さを感じさせた。

大人の色気を感じさせる涙袋と、少し厚めの唇。

何より、毅然《きぜん》とした鋭《するど》い眼光に射貫かれて、妃月はメドゥーサに見入られたように動けなくなった。

——どうして、有己《ゆうき》さんが、ここに……？

秋名《あきな》有己。

彼は、妃月がこれまでの人生でただひとり異性として愛した男だ。

「……ありがとうございます。いい香りですね」

低く艶《つや》のある声は、あのころを思い出させる。

相手もこちらに気づいたのか、ほんのわずかな躊躇《ちゅうちょ》が感じられた。

けれど、それは一瞬のこと。

彼は何事もなかったかのように、机の資料に目を落とした。

——ＡＫＩＮＡって……

不動産グループＡＫＩＮＡと聞いて、かすかに心をよぎった彼が、実際に目の前にいる。同じ室内にいるのだ。

震えそうになる指先を懸命にこらえ、妃月は会議室の全員にコーヒーを出し終える。

これで、やっとここから出ていける。そう思った。

五年は、短い時間とは言い難い。

恩を仇《あだ》で返すように逃げ出して、五年。

あれから一度も会わなかった。名前を聞くこともなかった。

すれ違うことさえない、この広い東京で。

「向坂さん、こちらに」

急に丸岡部長から声をかけられ、妃月はびくりと肩を震わせた。

「はい」

血の気が引いているのが自分でもわかる。

メイクをしていなかったら、ひどく青ざめていることだろう。

――会いたかった。だけど、会うのが怖かった。

「本日は、わざわざご来社いただきご足労をおかけしました。ＡＫＩＮＡ不動産の皆さまは、弊社の経営状況をご存じでこうしていらしてくださったものと思います。しかし、次期社長となる私が――」

妃月を呼びつけておいて、部長はなぜか立ち上がり、ひどく一方的な演説を始めた。

――早く、ここから逃げなくちゃ。

「弊社の女性社員は美しく有能です。彼女をご覧ください。学生のようにあどけない顔をしていますが、こう見えて資格を取得し、女手ひとつで息子を育てているのです。お子さんが小さいと、病気や怪我で早退することもあります。ですが、仕事がなければそのお子さんを育てることもできません。我々はこういった事情のある社員たちも受け入れ、今後の日本の歯車となるべく――」

見知らぬ人たちの前で、勝手にプライベートを暴露《ばくろ》される。

その恐怖に妃月は奥歯を噛みしめた。

――だいじょうぶ。息子がいるというだけなら、あの子が有己さんの子どもだとは知られない。

頭ではわかっていた。

けれど、彼にどう思われるかが怖かった。

最悪の状況で有己に助けてもらい、彼に愛されて幸せな時間を共有し、彼のもとを去った女。

有己からすれば、憎らしい過去かもしれない。

「丸岡部長」

まだ話し続ける部長に、有己が軽く右手を挙げて言葉を制した。

「多種多様な人材を受け入れる御社のお考えはすばらしいものだと思います。けれど、ダイバーシティは現在の日本において最低限の経営戦略です。それ以上のものを打ち出していかなければ、これからの時代は到底乗り切れません。それに、社員の個人的な話をこういった場で持ち出すのはいかがなものでしょうか」

「なっ……」

気圧《けお》された部長が、苛立《いらだ》たしげに有己を睨《にら》む。

「本日は、御社の株式の五十一パーセントを保有したことをお伝えした上での議論の場です。落ち着いて、どうぞお互いの今後について冷静に話し合いましょう」

——五十一パーセント⁉

二重丸不動産は危ないと噂になっていたが、もうそんな状況はとうに過ぎていたのだ。

有己の言葉に、妃月はごくりと息を呑《の》む。

「コーヒーありがとうございます。もう退席してけっこうですよ、向坂さん」

部長が先に妃月の名字を呼んだのだから、知られていてもおかしくない。

わかっているのに、有己に呼びかけられて時間が止まったと思うほど耳の奥がキーンとなった。

「し……失礼しました」

ワゴンを押して会議室を出ると、その場で膝から崩れ落ちてしまいそうになる。

――有己さんが、どうして？　もう二度と会えないと思ってた。もう、二度とあの人の声を聞くこともないと思っていたのに……

§　§　§

妃月は、父親の顔を知らない。顔どころか名前も、出身地も、血液型も知らなかった。

気づいたときには母とふたりで暮らしていた。

母はいつも朝に出かけていき、夜遅くに帰ってくる。

幼かった妃月は、日中に外出することを禁じられ、いつもマンションの部屋の中で菓子パンを食べていた。

きれいな洋服と靴、ステキなバッグ。

朝に母が出かける準備をするのを、こっそり見ているのが好きだったのを覚えている。

母の美しさに反比例して、室内はむごい光景が広がっていた。

敷きっぱなしの布団は、綿があちこちから飛び出ていて、分別をろくにしていないパンパンのゴミ袋が壁際に堆《うずたか》く積まれている。

母の仕事着以外の衣類は、いつも寝室の床一面に散らばっていた。

夜、母がいるときに「お母さん」と呼びかけると、母親はいつも決まって返事をする前にため息をつく。

「何？　またお腹減ったの？」

「……ううん、ごめんなさい」

ほかの子が幼稚園や保育園に行く年齢になっても、妃月は家にひとりぼっち。

することといえば、毎日テレビを観ることだけという日々を過ごしていた。

世界はマンションの部屋の中だけ。

窓にはりついて、ベランダの向こうに遠い世界を夢見た。

そこではきっと母は優しくて、妃月にニコニコと笑いかけてくれる。

叱《しか》られてばかりの自分も、外の世界では失敗なんてせず、母に褒《ほ》めてもらえる。

そんな日が来ることはないままに、ある日突然、妃月は知らない大人たちに連れられてマンションから外へ出ることになった。

「お母さん、とりあえず一泊、妃月ちゃんをおあずかりさせてください。それから、ゆっくり今後のことを話し合いましょう」

「ああ、もういいから。連れていくなら、さっさと連れて行って！」

タバコを咥《くわ》え、苛立った声で母がそう言った。

あれが、最後に聞いた母親の声。

妃月はそのまま一時保護という名目で児童養護施設に宿泊し、二度と母と会うことはなかった。

のちに、自分が虐待を受けていたと知ってからも、母への恨みを感じたことはない。

施設で暮らすようになってから、児童相談所の相談員に聞いて知ったことだが、母は大手商社で初の女性幹部になるほど仕事面で有能な女性だった。

「妃月ちゃんの名前は、お母さんがつけてくれたんだよ」

その言葉が、唯一母と自分をつないでくれる。

――だから、いつかお母さんが迎えに来てくれるのを待つんだ。

結局、母は迎えに来るどころか面会にすら一度も来てはくれなかった。

高校卒業まで施設で暮らし、卒業後は地元に古くからある工場に勤めた。

十八歳の妃月は、ベルトコンベアーで流れてくる部品を、朝から晩まで検品する日々を送るようになった。

なんの技術も資格もない妃月にできる仕事は多くなかったのだ。

母は命と名前以外、あまり多くを与えてくれなかったけれど、美しい髪をした後ろ姿が妃月の心に焼き付いていた。

だからだろうか。

妃月は美容師に憧れを持ち、美容師専門に通うためのお金を貯めようと、工場で精いっぱい働くことにした。

狭くて古かったけれど、寮もある。

自分だけの部屋というのは、人生で初めてだ。

トイレも風呂場も共用だったが、不満はひとつもなかった。

妃月の勤める工場は、大手企業の子会社が経営していたため、給与こそたいした金額ではなかったものの、福利厚生は充実していて安心して働くことができた。

働きはじめて半年が過ぎたころ、親会社の正社員がときどき工場の視察に来るようになった。

柴田和也《しばたかずや》というその青年は、いつもスーツの上に作業着のジャンパーを羽織って、工場内を逐一チェックしていく。

古株の作業員たちは柴田を敬遠し、いつしか彼が来たときには妃月が案内役をするのが当然になっていった。

「向坂さん、今日は帰りに食事でもどう？」

「いえ、わたし、お酒も飲めない歳なのでご一緒してもきっと楽しくないと思います」

「そう？　今の子ってまじめだな。向坂さんのそういうところ、いいと思うけどね」

明るく感じの良い柴田と話していると、兄がいたらこんなふうだったのだろうかと思う。

施設にいた年長の男性とも違う人。

いかにも育ちの良さそうな雰囲気に、憧憬に似た思いを抱いた。

それは決して恋愛感情ではない。

自分の持っていないものを持っている人を間近に見て、うらやましいと感じたのだ。

しかし、平和な日々は簡単に終わりを迎える。

あれは十九歳の三月、あと四カ月で二十歳になるころだ。

突然、工場長に呼ばれて作業着のまま事務所に行った。

するとそこには、美しい女性を連れた柴田がバツの悪い顔をして立っている。

「向坂さん、柴田さんのことは知っているね」

工場長の隣には、見知らぬ年配の男性もいた。

「はい、視察でいらっしゃるときに案内をしています」

「それだけじゃないだろう。きみは、柴田さんに婚約者がいることを知っていて、彼に交際を迫った！」

意味がわからない。

妃月は柴田と工場の外で会ったこともなかったし、彼が婚約していることも知らなかった。

食事に誘われたときも、丁重《ていちょう》にお断りしていたくらいだ。

「こちらは、君西《きみにし》工業の専務のお嬢さんだ。柴田くんの婚約者だよ」

「あの……はじめまして」

ほかになんと言えばいいのか思いつかず、愚鈍《ぐどん》な挨拶をした。

それが気に入らなかったのか、あるいは妃月の存在すべてが彼女を苛立たせたのか。

婚約者の女性は、コツコツとヒールのかかとを鳴らして近づいてくると、前触れなしに妃月の頬を平手打ちした。

「っっ……！」

「ずいぶん面《つら》の皮の厚い作業員を雇っていらっしゃるのね。柴田が優しいからといって調子に乗って、お金までせびったと聞いています」

「わ、わたし、そんなことしてません！」

「厚顔無恥《こうがんむち》も甚《はなは》だしいわ。素直に認めることもできないだなんて」

事実無根だと必死に説明したが、寮の部屋にしまってあった妃月の通帳が目の前に突き出される。

「じゃあ、どうしてこんな工場で働いてお金なんて貯められるんです？　あなた、柴田がいずれ出世すると見込んで、彼にたかっていたんでしょう？」

「違います、わたし、そんなこと……」

美容師専門に通うため、お金を貯めていた。

安い月給でも、節約してきた大事なお金だ。誰かから不当にもらったのではない。

自分で稼いだお金だった。

そう説明する猶予も与えられず、寄ってたかって責められる。

柴田はひとりうつむいて、何も言ってはくれなかった。

「向坂さん、悪いことをしたらちゃんと謝罪しなさい。親がいなくたって、そのくらいわかるだろう！」

工場長に無理やり頭を押さえつけられ、柴田とその婚約者の女性に謝罪を命じられた。

何を謝罪すればいいのか。

本社から視察に来るだけの柴田と妃月の間に、謝らなければいけない関係などひとつもない。

理不尽極まりないと思う。そして、どんなに理不尽でも自分はそれを許容するしかないということも肌で感じた。

――わたしには、助けてくれる誰かがいないから。頼れる誰かがいないから。ひとりぼっちだから、何をしてもいいと思っている人がいる。

何より、優しい人だと思っていた柴田が嘘《うそ》をついているのに妃月は傷ついた。

無実の罪を着せられ、謝る以外の道がないという現実。

ここには誰も妃月を信じてくれる人などいないのだ。

「……申し訳ありませんでした」

悔しさを噛みしめて、彼らの求める謝罪を口にすると、とりあえずその場は収まった。

しかし案の定、それから妃月は職場で格好の的《まと》にされることになる。

労働時間が長く薄給の工場勤めで、作業員は皆ストレスがたまっているのだ。石を投げつけてもいいと判断されたら、そこから先がいかに加速していくかは妃月もこれまでに見て知っていた。

──だけど同罪だ。わたしも、過去に嫌がらせをされている人を助けなかった。

仕事の邪魔をされ、寮のゴミ袋をぶちまけられ、最終的には直属の上司から遠回しに退職を示唆《しさ》される日々に疲れて、妃月は三月で仕事を辞めることにした。

仕事も住居も失い、何も指針が見つけられずに、ふらふらとたどり着いたのは都心の桜の名所だった。

川沿いに桜が並ぶ夜景を、ただじっと見つめていた。

たくさんの人が歩いていく。

部活帰りの高校生、ベビーカーを押す女性、家族連れ、老夫婦、幸せそうなカップル、犬の散歩をする男性、塾帰りらしい小学生の集団、足早な会社員、そのほか何をしているのかわからない人も多かった。

けれど、みんな帰る場所がある。

──どこにも行けないのは、わたしだけだ。

全財産四十六万円。

実母とはもう十五年も会っていない。

親戚なんて、ひとりも知らない。

橋の欄干《らんかん》から身を乗り出し、桜ではなく川面《かわも》を凝視する。

昔、窓から見える外の世界には今とは違う日常が広がっていることを夢見ていた。

あのマンションを出ても、世界は変わらない。

――いっそ、全部終わりになればいいのに。

「なあ」

背後から、急に男性の声がした。

「なあ、おい」

「……なんでしょう」

歩道に足を下ろして、妃月はゆっくりと振り返る。

そこに立っていたのは、見るからにカタギではない男だ。

パーマのかかった髪に、派手な柄のシャツ、着崩したスーツに夜だというのにサングラスをかけている。

見上げるほど長身の彼は、妃月を見てサングラスをずらした。

くっきりとした二重の、日本人離れした顔立ち。

「さっきから、ずっとここにいるだろう？」

「……」

明日の予定もないのだから、時間の概念がとうに失われている。

どのくらい、ここに立っていたのか自分でもわからなかった。

「夜桜はきれいだよな。だけど、人の心を惑《まど》わす」

「心を？」

「だから、まずはメシだ」

見た目に反して怖くはない。

だからといって、見知らぬ誰かを信用するほど妃月は純真ではいられなかった。

「腹減ってないか？　メシ食わせてやるから来いよ」

彼は妃月の返事も待たずに歩き出す。

――こんなの甘言《かんげん》だ。わたしを騙して、ひどい目に合わせる気かもしれない。

「来ねえの？」

足を止め、顔だけ振り向いた男は「来ないなら別にいい」と言いたげに見えた。

「……どうして？」

「ん？」

「どうして、わたしに食事をさせようなんて思うんですか？　かわいそうに見えましたか？　生きづらそうに見えましたか？　みじめそうに……見えました、か……？」

理由はわからない。

ただ、悲しくて涙が頬を伝った。

今まで、一度もこんな泣き方をしたことはない。

どうして見知らぬ男を相手に、自分をいっそうむなしくすることを口にしてしまったのだろう。

――知ってる誰かより、知らないこの人のほうが、ぶっきらぼうで優しく思えたせいだ。

赤の他人の優しさは、身近な人間の同情よりも胸を刺す。

行き場のない自分を知っているかのような、彼。

「自分のこと、そんなふうに言うなよ」

いつの間にか、男は妃月のそばに戻ってきていた。

うつむいた視線の先に、靴のつま先が涙でにじむ。

「いいか、人間は腹が減ってると悲しくなるんだ。だから、捨て猫だろうが捨て犬だろうが捨てうさぎだろうが俺はエサをやる。あんたに声をかけたのは――」

なぜか、少し言いよどんだ気配が伝わってきた。

――わたしに声をかけたのは……？

涙目のまま見上げると、彼は胸の前で腕組みをして、困ったように肩をすくめる。

「ただのナンパだ。ばーか、んなこと言わせんなよ」

きっと、本心ではなかったと今ならわかる。

彼は妃月の気持ちを軽くさせるため、そういう言い方を選んだ。

それが、秋名有己との出会いだった――

――ほんとうに、うさぎがいる。

有己のマンションについて、最初に目に入ったのはおしりのもっちりした茶色のうさぎだ。

「捨てうさぎ、ほんとうにいたんですね」

「あ？　そいつはアニキの女が飼ってるうさぎ。一週間ほどあずかってるだけだ。捨てうさぎは、知り合いのキャバ嬢が飼いたいっていうからくれてやったよ」

小中高と、友人の家に遊びに行ったことのなかった妃月にとって、有己の部屋は初めて入る他人の部屋だった。

かつて母と暮らした部屋より狭いけれど、室内はきちんと整理整頓されて清潔感を保っている。

ガラの悪い見た目とはうらはらに、彼はとてもきちんとした生活を送っているらしい。

「あの、わたし……」

「あー、名前聞いてなかったな。俺は秋名、秋名有己。名字で呼ばれるの嫌いだから、有己で」

「は、はい」

「で、そっちは？　名前」

「向坂妃月です」

「ひづきィ？　珍しい名前だな。いや、あれか、キラキラネームか」

有己は帰宅するとすぐに洗面所で手洗いとうがいを済ませ、キッチンに立つ。

「お兄さんの彼女さんのうさぎさんの名前は……」

「お兄さん、って。アニキってのは俺の実の兄じゃねえからな？　組の先輩だわ。それと、うさぎにまで敬称つけてどうすんだよ。お兄さんの彼女さんのうさぎさんのって――ずいぶんヘンな女だな」

組の先輩。

それがどういう意味なのか、わからないほど妃月だって世間知らずではない。

――つまり、この人はそういう……危険な組織の人？

ケージを開けると、大きな手が優しくうさぎを抱く。

「こんにちは、ララちゃんです」

有己が急に裏声でうさぎの声を演じた。

「なっ……ちょ……ええ、ララちゃん……っ」

「おいこらー、それは笑いすぎだろ。なんだよ、なー、ララ」

捨て犬、捨て猫、捨てうさぎ。

それと同列に拾われた妃月は、それから四カ月近い日々を有己と過ごした。

最初は戸惑うことも多かったけれど、彼は妃月をペット扱いで手を出してきたりはしない。

夜になると弟分たちと出かけていき、担当している地域の見回りをする。そう聞くと警察のようだが、実際はだいぶ違う。

世話をしている夜の店がいくつもあり、トラブルがあれば駆けつけ、なんらかの形で決着をつけるそうだ。

「詳しいことは知らないほうがいい。おまえは、カタギなんだから」

うさぎのララは海外旅行から帰ってきた飼い主のもとへ戻っていったが、その後も知り合いから亀、金魚、犬、猫、ハムスター、さまざまなペットをあずかってくる。

有己はヤクザというよりも動物の飼い主代行のように見えた。

家にいるときの彼は優しい兄のようで、料理じょうずだ。

「あー、それはまあ、うちあんまりいい環境じゃなかったからな。俺が面倒見てやらねえと、弟と妹の食事なんてなかったわけ。必然的に長男は料理するしかなくなるだろ」

彼の母親は、有己が現在関係している組の元幹部と愛人関係にあったという。

何度も子どもたちを置いて家を出ては、男とケンカをして戻ってくる母親。

幼いきょうだいは、三人で母の帰りを待っていた。

「……いいな」

「はぁ？　おまえ、頭だいじょうぶか。俺は今、ひとつもいい話なんかしてないぞ」

「きょうだいがいて、いいなあって。わたしは、ひとりだったから」

ふたりで暮らすうちに、妃月は初めて自分のことを誰かに話すようになった。

児童相談所や養護施設の職員に説明するのとは違う。

自分を知ってもらいたい。

心から、そう思った。

「おまえさ、まだ十九歳なんだろ？」

「……はい」

「母親に会いたくなることは？」

「それは、ないです」

「そうか。だったら、いたいだけここにいればいい。うちは弱った動物の最後の砦《とりで》だからな」

冗談と本気の入り混じった有己の声が好きだった。

ときに怪我をして帰ってきたり、怪我した弟分を連れてきたり、流血沙汰には暇《いとま》がない。

けれど、彼の本質は暴力的なところにない。妃月はそう感じていた。

——ずっとここにいるわけにはいかないってわかってる。だけど、ずっと有己さんと一緒にいたい……

最初の一カ月で恋に落ちた。

次の一カ月で、想いは確信に変わった。

三カ月目に、妃月はひどい風邪をひき、有己が一晩中看病してくれた。

「……ゆうき、さん」

「なんだ、ひでえ声だな。しゃべるなよ。喉痛いだろ」

大きな手が、ほかの動物を撫でるときと同じように妃月の頭を撫《な》でてくれる。

──わたしは、ずっと拾われた女の子のまま？

熱にうなされて、寂しさに胸が痛い。

頭も喉も関節も痛いけれど、それよりずっと胸が痛いのだ。

「有己さんが、好き」

「……」

「わたし、有己さんのことが……」

「待て待て待て。いいか、おまえ未成年なんだからな？　俺は一応二十五歳で大人の男なんだよ。弱ってる子どもに手ェ出すほど、俺は鬼畜《きちく》じゃない」

いいから風邪を治せ、と彼は笑う。

妃月にとって初めての恋は、彼が世界のすべてに成り代わるのと同義だった。

有己がいてくれるから、生きていける。

彼が帰ってくるこの部屋にいてもいい。

居場所を与えてくれた人。

「ったく、こんなかわいい女かかえてたら、悪いことなんてしてらんねえだろ……」

「わたしは、有己さんが何をしていても好きですよ?」

「ばーか、子どもがわかったような口きくな」

そして、最後の一カ月。

七月七日、妃月の誕生日の夜に奇跡が起こった。

その日は朝から雨が静かに降っていた。

梅雨どきということもあり、じっとりと肌を湿らせる雨だ。

「妃月、ケーキ買いに行くか」

昼過ぎに起きた有己が、寝起きのかすれた声でそう尋ねてくる。

「子ども扱いしないでください。わたし、もう二十歳です」

「ああ、そうだな。だから誕生日はケーキだろ?」

それがまさしく子ども扱いにも感じたけれど、妃月は彼とふたりで出かけることにした。

初めて出会った川沿いを、ふたつの傘を並べて歩く。

「雨、やみませんね」

「言うほど降ってない」

「だって七夕だから。彦星《ひこぼし》と織姫《おりひめ》が会えなくなっちゃいます」

ケーキを買ったあと、食料品を買ってマンションに帰った。

デートと呼ぶには、あまりに日常的な光景だったと思う。

それでも、妃月にとって二十歳の誕生日は特別な日だった。

ふたりで並んで料理を作り、食後にケーキを食べて、いつもどおりシャワーを浴びる。

何気ない時間が宝物のようで、妃月はときどき泣きたいくらい幸せを噛みしめる。

先にシャワーを浴びて、ルームウェア姿で洗い物を片付けていると、バスルームから有己が半裸で戻ってきた。

「有己さん、どうしていつも上を着ないで出てくるんですかっ」

彼の背中には、色鮮《あざ》やかな和彫がある。

目をそらすふりをしながら、いつだってこっそりその背中を見るのが妃月の日課だ。

「サービスだよ、サービス。おまえな、俺の裸見たがる女なんて――」

いくらでもいる、と言おうとした彼を少しだけ睨《にら》みつける。

それに気づいた有己は、冗談で流すかと思ったのに真顔になった。

――有己さん……？

「おまえしか、いねえだろ？」

包丁を手にキッチンに立つ妃月は、言葉を失って頬を赤く染める。

「そ、そうですよ。わたしくらいしかいません」

「……悪い。いや、とりあえずその包丁はしまってから話そう。なんか、ヘンな感じになる」

「ヘンじゃないです。わたし、有己さんのことが好きです」

「だーから、包丁しまえって言ってんだよ」

長い足で一歩近づくと、彼が妃月の手から包丁を取り上げて流しの下に手早く片付ける。

「……ほんとは、違うの知ってます」

「ん？」

シャワーを終えたばかりで、薄くボディソープの香りがする彼の肌。

うつむいた視線の先に、素足が見える。

妃月は父親を知らない。大人の男性を知らない。

――こんなに足も手も大きくて、わたしとはぜんぜん違う人。

「妃月」

奇跡のように優しい声が名前を呼ぶ。

「はい」

「そんな目で見るなよ」

ふは、と小さく笑って彼は右手で顔を隠した。

——そんなって、どんな目？

けれど、どう言われても妃月の目は彼を追いかけてしまう。

ずっと、子どもだと言われていたけれど、もしかしたら今日なら違う答えがもらえるのかもしれない。

二十歳の誕生日。

わずかな期待に、有己を見つめる。

「二十歳になったって言っても、何がかわるわけでもねえんだけどな」

彼が長い指で、乾かしたばかりの妃月の髪を撫でた。

「相変わらず童顔だし」

「でも、二十歳です」

「男と住んでるのに色気もない」

「っっ……でも、二十歳になりました」

妃月は、頭に置かれた彼の手を両手でぎゅっとつかむ。

「……ああ、そうだな。もう我慢するのはやめる」

――え……？

彼の言葉の意味を考えるより早く、妃月の体が抱き寄せられた。

「ゆ、有己さ……」

「俺にだけは通用してるから心配すんな」

「何がですか？」

「おまえのつたない色気だよ。ったく、こんな純真なお嬢さんにとっ捕まるとは思わなかった」

有己がどんなつもりでもかまわない。

初めて、抱きしめてくれた。

その事実だけで、妃月は彼の背中に両腕をまわす。

「雨、やんだから安心したか？」

「……はい。だって今夜は七夕ですから」

ひたいに彼の唇が触れる。

恥ずかしさと嬉しさで心臓が壊れてしまいそうだった。

「好きだよ」

耳に、頬に、まるで妃月の形をたしかめるように彼がキスを繰り返す。

「好きだ。いつの間に、こんなに好きになったんだろうな」

「ほんとうに……？」

「こんな嘘つくほど俺は暇じゃねえよ」

それからやっと、ふたつの唇が重なり合う。

人間は動物だ。そんなことをあらためて感じた。

——誰に教えてもらったわけでもないのに、キスをすると気持ちがいい。好きな人にふれるとドキドキする。本能で、知ってるから。

照明を消した室内に、月光がやわらかな影を落とした。

鮮やかな光ではない。

世界中でたったふたり、濡《ぬ》れた夜の底に閉じ込められたような甘い時間。

光があるから影ができる。

そんな当たり前のことを思い出した。

「好きだ、妃月」

時計の針が止まればいいのに。

妃月は、初めて恋した人に抱かれながら、心からそう願った。

§　§　§

あの夜から、五年。

七夕の日に授かった命を、妃月はたったひとりで出産した。

翌年の三月も末のことだ。

早生まれの息子には、この世界で幸せに生きていけるよう幸生と名付けた。

有己は、幸生の存在を知らない。

——さっきの部長の言葉で、わたしに子どもがいることはわかったかもしれないけど、まさかその子が自分の息子だなんて有己さんだって気づくはずない……！

給湯室を片付けて仕事に戻ると、映美が「あっ、向坂さん」と声をかけてくる。

「どうでしたか？　イケメンでした、社長？」

「あ……、ごめんなさい。ぼうっとしていて、あまり見てませんでした」

「ええええ、ショック。さっき検索したら、ＡＫＩＮＡのサイトに社長の挨拶と写真があったんです。実物、見てみたかったなあ……」

――有己さん、大人になってた。あのころもわたしから見たらじゅうぶん大人だったけど、三十歳の彼はもっと……。

お互いに五年の時間を生きてきた。

ふたりの人生は、もう二度と交差することはないと思っていたのに。

――いけない。今日の分の作業を終わらせないと、定時で帰れなくなる。

保育園で待っている息子のためにも、すみやかに仕事をこなさなくてはいけない。

妃月は気持ちを切り替えて、書類に没頭する。

けれど、何度頭の中を払っても、有己の姿がどうしても消せなかった。

五年の月日が流れても、妃月の心は彼を愛したままだった。

§　§　§

――変わらない目をした女だ。

彼女が姿を消したとき、秋名有己は何もかもなげうって妃月を探そうとした。

来る者拒《こば》まず去る者は追わず。

どうしたって責任を投げ出す母親と、母を慕って泣く弟妹を見て育ち、有己は現実と折り合いをつけるためにそう心に決めていた。

母は、有己が「弟と妹のために」と何度懇願《こんがん》しても、男を作って家を出ては泣きはらして帰ってくる。

都合のいい女扱いをされても、またすぐに次の恋をする。

母親になれないまま大人になった人だった。

弟と妹が寂しがらないよう、中学高校時代は家のことに明け暮れた。

父とは、数回会ったことがある。

幼いころからときおり家にやってきては、山のようにケーキや寿司、おもちゃを持ってくる男だ。

左頬に大きな傷があり、子ども心に怖い人だと思ったのを忘れられない。

おそらく、父の金で買ったと思われる中古の戸建てで有己は育った。

高校を卒業するまでに、母が家出をした回数は数え切れない。

父と別れてからなのか、別れる前からなのかは知らないが、かまってくれない男を嫉妬させようと母はほかの男と関係を持った。

高校を卒業する直前、有己がアルバイトで貯めた貯金をすべておろして、母はまた姿を消した。

そのとき、初めて有己は父に自分から電話をかけた。

助けを求めるのは屈辱的だったが、家中の金をかき集めて出ていった母親のせいで、きょうだいの食費もままならない。

繰り返し家出した母だったが、それを最後に二度と家には帰ってこなかった。

有己は父に金を出してもらう代わりに、高校卒業後、父の所属する反社会的勢力の一員となる道を選んだ。

選択肢があったかどうかは別として、それを受け入れたのも自分だった。

現実は、抗《あらが》うためにあるものではない。

目の前にあるものを受け入れる以外、生きる道がなかった。

まったく、このご時世にこんなことがあっていいものかと思ったことはあるけれど、それも二十五歳のときに考えをあらためた。

妃月と出会って、彼女と暮らして、自分よりももっとつらい思いをして生きてきただろう彼女を心から愛しく思ったのだ。

——俺が拾って、食事を与えて、愛した女。

痩《や》せ細り、青い顔をして川底を見つめていた彼女を覚えている。

暗い過去を背負いながら、妃月の瞳は子どものように純真で美しかった。

母親を恨んでいない、と彼女は言っていた。

恨んでいないのではなく、恨む感情すら持っていなかったのだと有己は思った。

自分のポリシーを捨ててでも、彼女を見つけ出したかった。

――おかしなめぐり合わせだ。今になって、再会するだなんてな。

妃月と恋愛関係になった直後、組を抜けた。

あれから五年、つきあった女はいない。

妃月だけをずっと思い続けてきたつもりはなかったが、再会した瞬間に気持ちがとめどなくあふれ出した。

――あいつを、取り戻す。

彼女が幸せな暮らしをしているなら、見守るだけでいいのではないかと、理性が告げる。

だが、それよりも妃月を自分だけのものにしたいという雄《おす》の本能が勝っていた。

――妃月は俺の女だ。俺が愛した女だ。たとえほかの男の子どもを育てていても関係ない。

「社長、二重丸不動産は思っていた以上に将来性がありませんでしたね。あれでは連結子会社として運用するにもうまみがない。株券は手放してもいいかもしれませんよ」

戦略企画部のスペシャリストにそう進言されて、首を横に振る。

「株は手放さない。特別決議の単独決行ができる六十七パーセントまで買う気で動け」

「本気ですか？」

「俺が冗談なんて言うと思ったか？」

組を抜けて五年で、業界内でも飛ぶ鳥を落とす勢いと言われる会社のトップに立っているのは、有己だけの力ではなかった。

不動産グループＡＫＩＮＡは、もともと弟の起業した会社を元にしている。

アプリ開発した資金を元手に仮想通貨取引で莫大な資産を作った弟は、中堅の不動産グループを買収して名前を変えた。それがＡＫＩＮＡの前身だ。

企業買収を繰り返し、解体しては売却する。

弟の事業に協力しはじめたのは、四年前。

不動産部門の社長となったのは、三年前だった。

有己が社長になってから、ＡＫＩＮＡは想像以上の成長を遂げた。

ある意味では、有己の去る者は追わず来る者は拒まずという姿勢が功を奏した部分もある。

――今なら、もう妃月を悩ませない。俺が幸せにしてみせる。

彼女がなぜ、自分のもとを去ったのか。

その理由を、有己は知っていた。

「二重丸不動産は、吸収合併する。AKINAの傘下に入ってもらおう」

自社に戻り、有己はすぐに調査会社に連絡を入れた。

いつもの企業買収や不動産情報の調査ではない。

向坂妃月というひとりの女性について、できるかぎりすべての情報を集めるよう指示を出す。

二度目の偶然は、運命だ。

「俺はもう、去る者を追わないなんて言うつもりはない、妃月」

たとえ世界を敵に回しても、彼女を抱きしめていたい。

心から、そう思った。

§　§　§

「コウちゃん、靴下履けたー?」

「まーだー」

いつもどおりの朝。

しかし、あの再会を境に妃月の心には小さな亀裂が生まれていた。

これまでどおり何も知らない顔をしていていいのか。

幸生は妃月の宝物だ。

けれど同時に、有己には父親としての権利がある。

彼に真実を告げないまま、愛しい息子と暮らしていくことに罪悪感を覚えていた。

――再会する以前と、何も変わっていないはずなのに。伝えられる距離にいて、何も言わずにいるのはずるいと思う。

有己にすれば、すべては終わったことかもしれない。

それを今さら「あなたの子です」なんて言ったら、迷惑をかける可能性もある。

彼の性格を思えば、迷惑だと口にすることはないだろう。

――でも、五年も経ってるんだ。有己さんだって、つきあっている女性がいてもおかしくない。

有己が魅力的な男性なのは、今も昔も変わらない。

映美のようにイケメン社長に憧れを抱く者もいる。

何より、社長となった彼に息子のことを言うのは、金目当てと思われるのが怖かった。

「コウちゃん、靴下はー」

「ママてつだって！」

「はーい」

最近、ひとりで靴下を履きたがる幸生だが、たいていの場合はうまく履けなくて妃月が手伝うことになる。

最初から妃月が履かせたほうが早いのはわかっているけれど、必要以上に過保護になることが怖い。

息子の成長を阻害してしまうのではないか。

自分がネグレクトされていたせいで、適切な愛情の距離感がわからなくなることがある。

「はい、じゃあここからは自分で履けるかな？」

「ぼくできるよ。みててね」

かかとまで靴下を履かせてやると、残りを幸生が小さな手でじょうずに引っ張り上げた。

「すごい！　じょうず！」

「はんたいもできる」

「えー、じゃあママ見てる。どうかなー、コウちゃんできるかなー」

——目が、似てる。髪も口元も、爪の形も……

彼の写真一枚すら、持っていない。

だから再会するまでは、記憶の中の有己しか知らなかった。

「できたー」

「よくできました。じゃあ、いってきますしよう」

「うん」

三十歳の有己を前にしたとき、あらためて幸生が父親に似ていると痛感した。

——有己さんに対してだけじゃない。

罪悪感の残り半分は、息子に対して。

幸生が父に会う権利を、妃月は一方的に破棄《はき》している。

——わたしは、父親を知らない。だけど、幸生は今からまだ父に会える可能性がある。

「ママー、くつだしてー」

「はーい、今行くー」

荷物を背負い、ベランダに通じる窓の鍵を確認して、妃月は玄関へ向かった。

プランターのコスモスは、今日あたり咲くだろうか。

第二章
優しい手

「聞きました、向坂《さきさか》さん？」

ランチの席で、映美《えみ》が声をひそめる。

「うちの会社、イケメン社長の会社に吸収合併されるって」

「そういう噂《うわさ》ですね」

「もう、テンション上がりません？」

「心配しかないですよ。だって、吸収合併されたら部署だってどうなるかわからないですし……」

「でも、社長が昭和バブルオヤジから若手イケメン社長になるだけで、気分違うじゃないですか」

上層部が変わったところで、吸収される側《がわ》の社員にいいことがあるとはあまり思えないが、余計なことを言って映美の気持ちに水を差すのは憚《はばか》られる。

「ああいう独身男性が残ってるって思うと、婚活にもやる気が出ます」

「そういえば、最近婚活どうなんですか？」

「聞いてくれます？　実は、先週末に行った街コンで――」

若くて快活な映美なら、婚活市場では引く手あまただと思うのだが、彼女は実際堅実な相手との結婚を望んでいて、口で言うほど軽薄ではないのが伝わってくる。

——結婚、かあ。

自分には、縁のないことだ。

少なくとも妃月《ひづき》はそう考えている。

幸生《こうせい》に父親が必要だと思われないくらい、ひとり親でもじゅうぶん愛情を与えることのほうが大事なのだ。

幸せは形ではない。

両親がそろっているから幸せなわけではないし、ひとり親家庭でも幸せな家はいくらでもある。

——何より、わたしは誰かを好きになるなんてもうきっとできない。

息子が生まれてから四年の間、妃月の心の特等席は幸生専用になっている。

これから先も、息子以上に優先する相手は不要だ。

「向坂さんも、将来のことを考えたら一緒に婚活しません？」

「わたしはまだまだそんな余裕ないですよ」

「実際、結婚したからって専業主婦になれるほど世の中甘くないですもんねえ」

今日も午後から部長はＡＫＩＮＡ不動産グループとの会議に出席する予定になっていた。

つまり、有己《ゆうき》が来社するということだ。

先方の社長と、一社員の妃月が会う機会なんてない。

けれど、心のどこかで期待と不安が入り交じる。

彼に会いたいと思う気持ち。

彼に会うのが怖いと思う気持ち。

それは、同じ強さでぶつかりあっていた。

「――って、放っておいていいんですか？」

「えっ？　あ、ごめんなさい。ちょっとぼうっとしていて」

「だから、マルケンのことですよ。なんか一方的にキレてたじゃないですか」

「ああ……」

お茶出しを頼まれた日の件について、部長は恥《はじ》をかかされたと妃月を責めた。

妃月をダシにして二重丸《にじゅうまる》不動産がサポート体制の整った会社だと言いたかったのだろうが、簡単に有己にやり込められてしまったのだ。

丸岡部長の矛先《ほこさき》が、有己ではなく妃月に向いたのはわかりやすい。

自分より強いものに噛《か》みつくより、手近な弱い相手に八つ当たりするほうが簡単なのだろう。

「部長の機嫌がよくないのは、部内のみんなにも迷惑かけてしまいますよね」

「そこ、そういうとこですよ、向坂さん」

「え？」

「ぜんぜん向坂さんのせいじゃないのに、受け入れすぎです」

「あはは、そうかもしれません」

もともと、妃月は自分を責める傾向があった。

ほかに理不尽を嘆《なげ》く相手なんていなかったから、結果として自分に原因を求めるに至ったというだけのことだ。

今回のことだって、部長がＡＫＩＮＡ不動産グループの来客の前で妃月の事情をべらべらとしゃべったことを不快だとは思う。

だが、それを部長に対して反論するわけではないし、あるいはほかの誰かに愚痴《ぐち》を言うこともない。

言っても何も変わらないと知っていた。

それどころか、余計なことを言えば自分の立場が悪くなる。

――だったら、最初から何も言わないほうがいい。

「どちらにしても、やっと金曜日ですから。午後がんばったら、土日ゆっくり息子と過ごします」

「優等生発言ー！　でも、向坂さんのそういうところ好きです」

「ありがとうございます」

妃月の過去を知っても、映美は同じように笑ってくれるだろうか。

――わたし、ぜんぜん優等生なんかじゃなかった。

母親のネグレクトが影響してか、施設に入所したばかりのころはほかの同年代の子どもとくらべて、極端に言葉が少なかったと聞いている。

小学校に入学してからも、最初のころは勉強についていけなかった。

ほかの生徒より教師の手をわずらわせたと思う。

まったく、そんな自分が大人になって優等生だと言われるなんて不思議なものだ。

オフィスに戻って午後の仕事を半分ほど終えたころ、私用のスマホに保育所から着信があった。

急いでスマホを手に、妃月は廊下へ出た。

「はい、向坂です」

『お世話になっております。あたらしの保育園の水谷《みずたに》ですが……』

「いつも息子がお世話になっております」

何かあったのだろうか。

逸《はや》る気持ちをこらえ、非常階段に向かう。

通常、社員はエレベーターか内階段を使うため、非常階段はほとんど利用されていない。

『あの、実は先ほど幸生くんがお友だちと遊んでいて怪我をしてしまいまして』

「え……っ……」

一瞬で血の気が引く。

ふっくらとやわらかな幸生の肌とぬくもりを思い出し、頭の芯が捻《ね》じ曲げられるような恐怖がこみ上げた。

「怪我って、どういう状況でしょうか。幸生は無事ですか？」

『傷自体は小さいのですが、少し頭をぶつけたようなので病院へ連れていければと……』

「わかりました。すぐにそちらに向かいます」

通話を終えると、妃月は早足でオフィスに戻った。

急ぎの仕事は終わっているのを確認し、早退の許可をもらう。

幸生が泣いているのではないかと焦燥感ばかりが募《つの》り、自分が所定の手続きをきちんとできているか自信がなかった。

――どうしよう。コウちゃん、どうしよう。すぐに行くから……

エレベーターを待っていると、足裏から恐怖が体を立ち上ってくる。

傷は小さいと言っていた。

けれど、ただの擦《かす》り傷や打撲なら、こんなふうに仕事中に電話が来ることはない。

上階からおりてくるエレベーターがいつもより遅く感じられた。

到着音が鳴って、エレベーターが開く。

中に乗っていたのは――有己だった。

「っ……、失礼します」

「どうぞ」

彼に背を向け、操作盤の前に立つ。

痛いほどに視線を感じながら、振り返ることはできなかった。

今は、有己のことを考えている余裕なんてない。

早く保育所に行くことしか、頭にないのだ。

「妃月」

ふたりきりのエレベーターで、彼が小さく呼びかけてくる。

「何かあったのか？」

「ど、どうしてですか」

もうすぐ一階だ。

――早く、早く保育所に……

「顔色が悪い。俺と再会したことだけが理由じゃないだろ。何があった」

「……息子が、怪我をしたと連絡が」

声に出すと、その現実が強くのしかかってくる。

「怪我？　病院へ向かうのか？」

ぐいと肩をつかまれ、強引に彼のほうを向かされた。

「ほ、いくしょに……」

「車で来てる。送るから乗っていけ」

普段なら、決して甘えてはいけない相手。

だが、今はひとりで保育所まで行くのが怖かった。

リュックを抱く腕が震えている。

――駄目《だめ》。有己さんだけは、頼っちゃいけない人だ。

ギリギリのところで心を押し殺し、妃月は小さな声で返事をする。

「いえ、そういうわけにはいきません」

「声が震えてる。腕も」

「これは」

「いいから来い」

一階に到着するやいなや、彼は妃月の腕をつかんで歩き出す。

「ゆ……秋名社長、困ります」

「うるさい。これ以上何か言うと、無理やり抱き上げて連れて行くけどいいのか？」

「っっ……」

足の長い有己についていくには、ほぼ駆け足状態だ。

エントランスで注目を集めている自覚はあったが、それを気にする余裕はない。

――お願い、幸生。無事でいて。わたしの幸生を、神さま連れていかないで……！

ビルを出たところに、有己の車が待っている。

「悪いが急用だ。運転は俺がする。これでタクシーを使って社に戻ってくれ」

運転手に一万円札をわたし、有己が運転席に乗り込んだ。

「早くしろ、妃月」

「は、はい」

車は、一路保育所へと向かう。

その間、妃月はずっとリュックを抱きしめていた。

噛みしめた奥歯は、歯の根が合わない。

極寒の地にいるように、指先が凍りつく思いだった。


保育所に到着した妃月は、転がるように車から降りる。

園庭には、いつものお迎えの時間と違って子どもたちがたくさん遊んでいた。

「あっ、ママだ！」

「幸生！」

我が子の姿を見つけ、全力で駆け寄る。

砂地にヒールのかかとが傷つくかもしれないなんて、今は考えられない。

「向坂さん、このたびはほんとうに申し訳ありません」

連絡をくれた保育士が、幸生の隣に立って頭を下げた。

「いえ、ご連絡ありがとうございました。あの、怪我というのはどのくらいの……？」

足に抱きついてきた幸生を抱き上げ、ひたいにガーゼが貼られているのを確認する。

「あのねえ、ブロックのとこでドーンてなったの」

「ブロック？」

うんうん、とうなずく息子は怪我をしたことにあまりショックを受けていないようだ。

「お友だちとブロックで遊んでいたときに、うしろからほかの子がぶつかってしまったんです。それで、幸生くんが転んでしまい、ブロックでひたいに傷ができてしまいました。ぶつかってきた子が上に乗るように倒れたので、頭を打っている可能性がありまして」

「そう、でしたか。ひたいの傷以外に、何か」

「ほかに怪我は見当たりません。ただ、念のため、病院に行かれたほうが安心かもしれません。こちらの不注意でほんとうに申し訳ありませんでした」

かかりつけの小児科は、隣駅にある。

電車に乗ればすぐだが、ここまで有己の車に乗せてきてもらったので自転車はない。

そもそも自転車があったところで、頭に怪我をしている息子を乗せていいのか判断ができなかった。

「もしタクシーを利用されるようでしたら、チャイルドシート付きの車があるタクシー会社に連絡を――」

「その必要はありません」

妃月のうしろから、凛《りん》とした声が響く。

「チャイルドシートを搭載したタクシーを手配してあります。向坂さん、あと数分で到着するそうなので行きましょう」

「ゆ……秋名社長、そこまでしていただくわけには」

「緊急事態でしょう。お話はあとにして、まずは息子さんを病院へ」

突然現れたスーツ姿の有己に、保育士や子どもたちが目を丸くしている。

「おじさん、だあれ？」

腕の中の幸生が、不思議そうに首を傾《かし》げた。

「はじめまして、幸生くん。おじさんは、きみのママのお友だちだよ」

それが、幸生と有己の初めての会話だった。

お互いに、父と息子だなんてきっと気づいていない。

「向坂さん、だいじょうぶですか？」

「は、はい。すみません、それでは病院へ連れていきますので」

「幸生くんの荷物、こちらにまとめてあります」

保育士が荷物を準備しておいてくれたのはありがたい。

「お気遣いいただきありがとうございます。のちほど、診察が終わったらお電話で連絡します」

——有己さん、いつの間にチャイルドシート付きのタクシーなんて呼んだの？　移動中に、そこまで考えていたの？

通常、タクシーに乗るときはチャイルドシートの義務はない。とはいえ、事故の際にチャイルドシートがあるとないでは大きな差だ。

「タクシー？　ぼく、タクシーはじめて！」

「そうか。じゃあ、今日はタクシー記念日だな」

大人と接する機会が少なく、特に男性慣れしていない幸生だが、怪我をしたせいでテンションが上がっているのか、有己には臆《おく》するところなく会話をしている。

——余計なことは考えない。まずは病院に行って、有己さんにはあとできちんとお礼を言おう。

タクシーを手配してくれたということは、彼は乗ってきた車もあるから病院に同行するわけではないだろう。

歩いて保育所を出てから、妃月は彼に「すみません」と声をかけた。

「あとでお礼のご連絡をしたいので、お電話番号を伺ってもいいでしょうか？」

「……番号、消したのか？」

彼が怪訝《けげん》そうな表情を浮かべる。

あれから五年が過ぎていた。

妃月は彼のもとを離れてすぐに携帯電話を解約し、契約しなおしている。

相手も当然、番号が変わっているものだと思ったのだが、そうではないらしい。

――消していないほうがあやしまれる気がするけど。

「番号は変わってない。必要なら教えるが」

「いえ、一応残っていると思います」

ほんとうは、一応どころではなく残っている。

電話をかけるつもりはなかったし、もともと電話番号は変わっていると勝手に思い込んでいた。

それでも番号を消せなかったのは、妃月のひとりよがりな感傷のせいだ。

チャイルドシート付きのタクシーが来て、妃月はほっと息を吐《は》いて頭を下げた。

「ご迷惑をおかけして申し訳ありませんでした。のちほど、秋名社長にもお電話いたしますので」

「ああ、電話は嬉《うれ》しいが、俺も病院まで一緒に行く」

「……ですが、車は？」

「うしろから追いかける。――すみません、うしろからついていきますのでよろしく」

後半はタクシーの運転手に向かって告げると、有己は保育所前に停めていた車に乗り込んだ。

――え？　あ、あれ？　これって、どうしたら……？

「お客さん、チャイルドシートの固定、もしよろしければこちらでいたしますよ」

運転手に声をかけられ、妃月は「すみません、固定の仕方を教えてください」と幸生とふたり、タクシーの後部座席に乗り込んだ。

§　§　§

病院は思ったより混雑していたが、診察の結果、特に問題はなさそうだと言われて心から安堵した。

保育所に電話を入れて、会計を済ませると一気に力が抜けた。

——よかった。幸生が無事で、ほんとうによかった。

「ママ、さっきのおじさんきたよ」

「え？」

息子の言葉に顔を上げると、席を外していた有己が院内を歩いてくる。

「診察終わったのか？」

「はい。とりあえず様子見ですが、問題はないだろうと。今日一日はおとなしくしているように言われました。秋名社長にもご迷惑をおかけして……」

「仕事中でもないし、向坂さんは俺の会社の社員でもない。社長なんて呼ぶな」

「……秋名さん」

有己が軽々と幸生を抱き上げた。

「わあ、たかーい」

「あ、あの、」

何をするつもりなのかと動転し、妃月は思わず彼のジャケットをつかむ。

「車で送る」

「けっこうです。あとは自分たちで帰れますので」

「ぼく、くるまのりたい。タクシー？」

固辞しようとしたところを、幸生の言葉でかき消された。

タクシーに生まれて初めて乗ったのが嬉しかったのだろう。

妃月は車の免許を持っていないし、普段からタクシーに乗ることはない。

「タクシーじゃない。おじさんの車だけどいいか？」

「うん！」

こちらの返事を待たずに、有己がふっと笑って歩き出した。

「あの、待っ……！」

「ママはやくー」

「ママ、置いてくぞ」

――なんで有己さんまで、ママ呼びを⁉

小児科を出ていくふたりの姿は、夕陽を浴びてただの親子にしか見えない。

けれど、それを知っているのは妃月だけだった。

駐車場で、有己は先ほどとは違う車のドアを開ける。

――ん？　社用車じゃない。

シルバーボディの車の後部座席には、なぜかチャイルドシートが準備されているではないか。

まさか、と気持ちがぐらつく。

妃月が知らないだけで、彼は結婚して子どもがいるのかもしれない。

――そうじゃなかったら、保育所にすぐチャイルドシート付きのタクシーを手配するところまで気が回るはずないし、車にチャイルドシートなんて準備しているわけない。

「秋名さん、やっぱりわたしたち電車で帰ります」

「遠慮するなよ。昔なじみだろ」

「でも、その……チャイルドシート、が」

彼の子どもが使っているチャイルドシートに幸生を座らせるのはひどく胸が痛い。

――お互いに知らないだけで、有己さんと幸生は血のつながった親子なのに。

「心配いらない。チャイルドシートなら、さっき取り付けてもらってきた」

「え？」

「幸生くん、これはきみの専用だよ」

真新しいシートを指差し、有己が幸生に笑いかける。

「せんようってなに？」

「専用は、幸生くんのためだけの特別ってことだ」

「ぼくのせんよう」

「ああ、そうだ。幸生くんは賢いな」

妃月が幸生に付き添って診察室に入り、検査を受けている間に。彼はチャイルドシートを購入して設置した車と社用車を交換したというのか。

——今日だけのために、そんなことをするの？

五年前の彼は、妃月より金銭的に余裕があったけれど、これほどの散財を軽々とする人ではなかった。

けれど、心根だけはあのころと同じだ。

弱っているものに優しくて、去る者は追わず来る者は拒《こば》まず——

「さっきのタクシーのとちがうね、ママ」

「あ、うん、そうだね。タクシーのシートより新しいね」

「ぼくのせんようだからだよ」

覚えたばかりの言葉を口にし、幸生が嬉しそうに笑っている。

「ありがとうございます、秋名さん」

「妃月も、早く乗れよ」

「はい」

助手席のうしろに座ると、車内にふわりと彼の香りが感じられる。

——懐かしい。あのころと同じ香りがする。

五年前も、有己はシトラスとウッドの混ざった爽《さわ》やかで品のある香水を好んでいた。

抱きしめられると、耳のうしろからかすかに香るのだ。

——わ、わたし、余計なことを思い出してる！　もう終わったこと。抱きしめられるとか、この先はないから！

「じゃ、出発するぞ」

「はーい」

車はなめらかに走り出す。

緊張しきりの一日が、静かな夕焼けの中に包み込まれていく。

次第にまぶたが重くなり、妃月はいつの間にかシートにもたれて目を閉じていた。

「……ほんと、無理してばかりだよな」

「むり？」

「幸生くんのお母さんはがんばりやさんだ」

「うん、ママね、いつもいっしょに水やりするの」

「水やり？」

「プアン、プアン……プアンタのおはなとやさいに水やり」

「プランターか」

ふたりの会話が遠くなっていく。

――送るって、有己さん、うちの住所知らないじゃない。どこに送ってくれるの？

幸生は、住所なんて言えないよ……？

いつも息子を抱きしめる側にいた。

出産のあと、初めて幸生を胸に抱いたときから、自分は抱きしめられる側ではなく抱きしめる側になったと感じて生きてきた。

それに不満はない。

幸生がいてくれれば、毎日幸せだ。

けれど、夢の中だけは。

妃月は、有己に抱きしめられる。

「こんど、あきなさんもいっしょにする？」

「秋名さんって言いにくいだろ。おじさんでもいいんだぞ」

「あきなさんって、ぼくいえるよ」

車はどこへ向かっているのだろうか。

妃月の心は、タイムマシンに乗って五年前へ帰っていくような気がしていた。

§　§　§

彼の好きなところはたくさんある。

面倒見がいいところ、少しかすれた声があたたかいところ、手が優しいところ、何より自分を頼ってきた相手を見捨てずにいるところ。

一緒に暮らしていたとき、有己は弟分の青年ふたりによく食事をおごっていた。

たまに妃月も誘われて四人で夕飯を食べる日があり、彼らとは顔見知りになった。

ひとりは妃月と同い年の、まだ組に所属はしていない高木《たかぎ》という少年。

もうひとりは、いつもフードつきの衣類を着て、マスクとフードで顔を隠している蜂屋《はちや》という青年だ。

よくしゃべる高木と、相槌《あいづち》程度で自分のことは話さない蜂屋。

けれどどちらも、もとは家出をして帰る場所がなかったときに、妃月同様、有己のマンションで暮らしていたことがあるという。

「動物だけじゃなく、人間も拾うのは知ってたけど、まさか女まで道で拾ってくるとは思いませんでしたよ！」

「拾ったっつーか、放っておけなかったんだから仕方ねえだろ」

「え、ぶっちゃけ、どうなんすか？」

「は、何が？」

「だから、あれっすよ。拾ったって言ったって、妃月ちゃん女の子じゃないすか。ふたりってデキてんのかなと思って」

安い中華飯店で、大盛りの天津飯をほおばりながら高木が尋ねた。

「……思春期」

ぽつりと蜂屋がつぶやく。

それを聞いて有己が大笑いしたのを覚えている。

「誰が思春期だよ！」

無言で高木を見る蜂屋の目には、あまり感情がない。

「蜂屋さん、オレもうすぐ二十歳っすから。思春期とかとっくに終わってんすよ」

「じゃあ、発情期か？　あ？」

悪ふざけに乗って、有己が高木の頭をぐりぐり撫《な》でた。

「ま、俺らがどうだろうと、キミたちには関係ないんでね。あれこれ妄想して楽しみたまえ、青少年」

「オレぁ、心配してるだけっすよ。秋名さん、そのうち刺されるんじゃないすか」

「誰に？」

「彩子《あやこ》さんとか、結子《ゆいこ》さんとか」

彩子は、歌舞伎町《かぶきちょう》のクラブで働くママだ。

有己とは古いなじみだそうで、二度ほど会ったことがある。

大人の落ち着いた女性で、年齢は有己とかわらないのに着物が堂に入《い》っていた。

——結子さんは、知らない。

「どっちも、んなことするわけねえから」

「いや、わかんねえじゃないすか。結子さんは、秋名さんと結婚したがってるって聞きまし——」

「高木ぃ」

急に低い声で名前を呼ばれて、高木がびくりと肩をすくめる。

「あんまり、あることないこと言ってまわんじゃねえぞ？」

「は、はい」

「よし、食え」

のちに知ったことだが、結子というのは組幹部の娘だった。

彼女は十代のころから有己になついていて、父である幹部もふたりの結婚を望んでいた。

ただ、何度か結子との縁談が持ち上がったものの、有己自身がやんわりと断ってきたこともあり、その話は毎回立ち消えになっていたという。

彼のまわりにいる、たくさんの人たち。

ほんのり裏の道に通ずる場所を歩きながら、彼らは皆一様に有己を慕《した》っていた。

――きっと、有己さんの優しさにみんな引き寄せられる。

妃月の好きになった人は、夜道を照らす月のような存在。

夜を歩くには、明かりがないと自分の居場所も見失う。

遠く近く、月夜に見上げた空のよう、有己はいつも相手を受け入れる人だ。

「妃月もちゃんと食えよ。おまえ、ガリガリなんだからもっと食って肉つけろ」

「はい。食べてます」

「よーし、えらいえらい」

不良少年をかまうときと同じ温度で、彼は妃月の頭を撫でる。

その優しい手が、たまらなく好きだった。

§　§　§

不動産業に携わっていると、ときおり夢のような部屋に出会うことがある。

主に営業二部で用地仕入れをしている妃月でも、それは同じだ。

高い天井は日本離れした雰囲気《ふんいき》を作り、その天井に合わせてデザイナーと職人があつらえた照明はいっそう部屋を美しく演出する。天窓がついているとなお開放感があり、広い掃き出し窓の外には都内とは思えないような緑が広がっている。

——うん、そう。たとえばこんなふうに……

目を開けたとき、妃月は自分がまだ夢の中にいるのだと思った。

でなければ説明のつかない、豪華な部屋だったのだ。

「ママ、おきた？　ぐあいわるい？」

「コウちゃん……？」

頬にふれる小さな手に、これが現実だと我に返る。

——ここは、どこ？

妃月が横たわってもまだ余裕のある大きなソファは、横にはカウチセットと呼ばれる背もたれのない大きな座面もついていた。

「お、やーっと起きたか。幸生がお腹減って困ってたぞ」

「ゆ……っ……、秋名、さん」

優雅なアイランドキッチンに手をついて、有己がエプロン姿で笑う。

——そうだ。幸生を病院に連れていって、帰りに有己さんが送ってくれるって……。

わたし、車の中で眠くなって、まさかそのまま寝た⁉

恥ずかしさに頬を染め、妃月は両手で顔を覆《おお》った。

彼の言ってくれた言葉を使うなら、ふたりは昔なじみの関係だ。

——だからって、久しぶりに会って助けてもらった上に、車で送ってもらう途中で眠るってありえない。

「ママ、だいじょーぶ？」

「う、うん。ちょっとかっこ悪いだけだから、気にしないでコウちゃん……」

本音が口からこぼれる。

取り繕《つくろ》う余裕もないほどに、今の自分は情けない。

「幸生のこと心配して、ママ大変だったんだ。だから、少し休んでよかったよな」

「うん！」

妃月が寝ている間に、男ふたりは親睦を深めたのだろうか。

幸生の呼び方に親密さが感じられる。

「で、向坂さん、息子さんが空腹だそうなんだが、食品アレルギーは？」

室内には、ふわりと空腹をくすぐる香りがする。

野菜を煮込んだコンソメだ。

「ありません。好き嫌いのない子です」

彼が料理を作ってくれたことは、妃月も勘付いていた。

お腹が減った子には食事を。

有己はそういう人だ。

「よし、じゃあ幸生、一緒に夕飯の準備するか」

「はーい」

いい子の返事をして、幸生がキッチンへ駆けていった。

状況から察するに、ここは有己の暮らす部屋に違いない。

スマホを取り出して確認すると、すでに十九時をまわっていた。

――落ち着こう。まず、せっかく食事を準備してくれたんだから、食べずに帰るのは失礼だ。ご相伴《しょうばん》にあずかって、きちんとお礼を言って帰る。うん、それでだいじょうぶ。だいじょうぶなはず。

ソファから立ち上がり、妃月は部屋の広さにあらためてため息をつく。

二十畳はありそうなリビングダイニングと、高級感あふれるアイランドキッチン。天井は二階分もありそうな高さで、ピクチャーレールには妃月でも知っている海外の有名なシルクスクリーン作家の作品がかけられていた。

「秋名さん、ご迷惑をおかけしてしまい、申し訳ありません」

「気にするな。幸生はいい子にしてたぞ。な、幸生」

「うん、ぼくいい子にしてたよ。でもね、あきなさんがおもちゃくれたの。くるまのかっこいいの！」

――ますますお世話になってる！

「ぼくせんようなの」

「そっかあ。よかったね、コウちゃん。あとでママにも見せてね」

「うん」

かつて一緒に暮らしたマンションとは、まったく違う景色。

それなのに、どうしてだろう。

あのころと同じ優しい時間に、妃月は泣きたくなる。

だけど、泣きたくなったからといっていつでも泣くほどもう子どもではない。

泣くときに、ワンクッション置くようになったのは有己と離れてからだった。

周囲を確認して、人がいないのをたしかめて、大きな声をあげても誰にも気づかれないと安心しないと泣けない。

幸生が生まれて、初めて抱っこしたときが最後に声をあげて泣いた記憶だ。

——そう。わたしだって、五年の間に少しは強くなった。

「おいしそうな香りだね、コウちゃん」

「あのね、ちいさいコーンがはいってるんだよ」

「小さいコーン？」

普段から幸生が好んで食べるコーンは、缶詰のものが多い。

とうもろこしを茹《ゆ》でて食べさせたことはないので、小さいコーンというのはもっと粒が小さいものという意味だろうか。

「ヤングコーンな」

「なるほど」

有己の言葉にうなずいて、妃月は息子の頭を撫でた。

「やんるコーンはちいさいコーンのことだって、あきなさんにきいたの」

「うん、そうだね。小さいコーンだ。幸生、今日はいっぱい新しいこと覚えたんだね」

三人で料理をダイニングテーブルに並べていると、ひとつだけ子ども用の椅子《いす》がセットされていることに気づく。

いったい、いつの間にこんなものを準備したというのか。

――でも、この部屋を見た感じ、小さい子どもが暮らしているようには思えないし……

「ああ、その椅子？」

妃月の視線に気づいたのか、彼は子ども用の椅子を両手で引いて、こちらに見せてくる。

座面が高く、足を置く台がついたダイニングチェアだ。

側面には、高さを調整できる穴がある。

「取り引きのある業者に頼んで、急いで運んでもらった。作りもしっかりして、座りやすそうだろ？」

「そう、ですね。あの、でもこんなにいろいろ準備していただいては心苦しいです」

「いいんだ。俺がしたいことをしてるだけだからな。な、幸生？」

今日初めて話したとは思えないほど、有己は自然と子どもを扱う。

両脇に手を入れて抱き上げ、椅子に座らせる手付きは慣れたものだ。

――弟さんは歳が近かったけど、妹さんは七歳下だって言ってた。子どものころから、面倒を見ていたからできることなのかな。

面倒見のよさは、相変わらず。

男ぶりはより磨きをかけ、精悍《せいかん》な横顔に目を奪われそうになる。

何より、彼の優しさが伝わってくるから、また泣きたくなった。

「ママ、見て。このいすも、ぼくせんようなの」

「うん。コウちゃん、秋名さんにちゃんとありがとうした？」

「あっ、わすれてた。あきなさん、ありがとうございますっ」

ぺこりと頭を下げる仕草《しぐさ》が、たまらなく愛らしい。

その姿を見て有己も頬を緩めている。

「どういたしまして。幸生、いっぱい食べるんだぞ」

「うん、いただきます」

ほんとうならばこうして三人で食卓を囲むのは、幸生に与えられる幸福のひとつのはずだった。

「……ごちそうになります」

「妃月もいっぱい食え。相変わらず細いぞ、おまえ」

「昔よりは筋肉質になりましたよ」

懐《なつ》かしさと真新しさに目がくらむ。

当たり前のように子ども用スプーンやフォークを準備してくれる有己に、幸生は何も疑問を持っていない。

有己のほうも、自分の息子と思って接しているわけではないのだろう。

――だけど、きっと今日のことはずっと思い出に残る。

特別な時間、特別な夜。

もう恋人には戻れないけれど、この日のことをいつか妃月は感謝する。そう思った。

食べ終わるころには、幸生は疲れてしまったのか椅子に座ったまま、うとうとと目を閉じていた。

「どこでも寝るところは、母親似だな」

「わたしの子ですから」

車の中で眠って、ソファまで運ばれる間も起きなかった自分を思うと恥ずかしさがこみ上げてくる。

有己は幸生を起こさないよう、そっと抱き上げた。

「すぐお暇《いとま》します。寝かせてくれなくてだいじょうぶです」

「そういうわけにはいかないだろ。見ろよ、この寝顔」

慈愛に満ちた表情で、彼は幸生をソファに横たえる。

何度見ても愛らしい、天使の寝顔だ。

「――なあ、妃月」

息子を見つめたまま、低い声で彼が名前を呼ぶ。

鼓膜が甘く震えて、心まで彼の声が染み込む錯覚に陥った。

――何を言われるんだろう。

心臓が早鐘を打つのが体の内側で反響する。

この子は、俺の子じゃないのか。

あのとき、どうして急に姿を消したんだ。

脳内で、彼の言葉を想定して返事を考えてみたけれど、今は答える言葉を持ち合わせていない。

幸生が眠ってしまった。

母親としての自分では、もう乗り切れなくなってしまう。

「五年間、がんばったんだな」

「え……？」

想像したどの言葉とも違う、あたたかい有己の声。

「そうだろう？　ひとりで幸生を育ててきたんだ。仕事だって、正社員で働いてる。

俺が知っていた幼くてか弱い妃月が、いつの間に大人になったんだよ」

彼もまた、思い出を懐かしむ様子が伝わってきた。

――わたしを、責めないんだね。

知っている。

この人は、誰かを責めるより褒《ほ》めるほうが得意だった。

「そうですね。でもつらくはなかったです。幸生がいたから、わたしはずっと幸せでした」

「母は強し、か。だが、こんなかわいい息子がいたら、幸せなのも納得だ」

「ありがとう、有己さん」

言葉には出さない。

——わたしに、最高の子どもを授けてくれてありがとう。

「どういたしまして。それで、向坂親子は今夜はうちに泊まるってことでいいか？」

「や、それはよくないです」

「は？　なんで？」

再会してから、口調がだいぶ落ち着いていた。

少なくともそう思っていたが、急に有己はあのころと同じような調子に戻る。

「取引先の社長の家に泊まるだなんて、おかしいことです！」

「ああ、そっち。だったら問題ない」

——何が？

妃月の心の声に応えるかのように、有己は艶《つや》のある笑みを見せた。

「仕事関係者である前に、俺はおまえの恋人だ」

「こっ……!?」

五年前なら、その言葉にうなずくこともできただろう。

だが、どこの誰が五年も会っていない相手を継続的に恋人だと言えるものか。

「少なくとも俺は別れると言った覚えがないし、妃月は手紙を残して勝手に消えただけだ。だったら、俺たちはまだ終わってない」

「おち、落ち着いてくださいっ。終わってますよ？　わたし、もうあのころとは違うんです！」

「お互いさまだ。あのころのままでも変わっていても、俺の気持ちは変わらないから安心だな？」

去る者は追わず来る者は拒まず。

それが有己のポリシーではなかったのだろうか。

妃月の考えていることなどお見通しだと言いたげに、彼がニッと口角を上げた。

「ああ、ちなみに気持ちは変わらないけれど、モットーは変えた。去る者は追わず来る者は拒まずなんて言っていたら、大事な相手を手放すことになると教えてくれたおまえに、心から感謝してるよ。これからは、好きな女はどこまでも追いかけることにした」

「な……っ、え、それは……」

「おまえのことだよ、妃月」

最高の笑顔でそう言われて、妃月は完全に硬直した。

——有己さんが、以前と違いすぎる！

§　§　§

やると決めたら、手は抜かない。

有己にとって、これは二度とないチャンスだった。

幸生の怪我を指しているわけではなく、妃月と再会できたことである。

――今でも別れていないだなんて、往生際の悪いセリフだっていくらでも言う。俺は何があっても妃月と離れたくないからだ。

彼女の生真面目な性格を考慮の上、幸生の誕生日から関係を持った日を逆算した限り、息子は自分の子どもだと思う。

もちろん、そうではない可能性があることもわかっていたが、たとえ幸生がほかの男の子どもでもなんら気にならない。

愛しい女が産んだ子だ。

心から愛して、自分の子どもとして育てる覚悟はできている。

五年間、妃月のいない人生を歩んできて、有己は心から彼女が必要だと感じていた。

ほかの誰かを妃月と同じくらい愛せるとは到底考えられなかった。

かつての彼女より、今の彼女は大人になった。

まだ気づいていない部分でも、変わったところはあるだろう。

だが、彼女は彼女だ。

寝ている幸生を抱いて帰るという妃月に、客用ベッドルームを整えてあると説明し、なんとか今夜は泊まっていく約束を取り付けた。

実際、ひとり暮らしの有己のマンションに客用ベッドルームなんてものはない。

妃月と幸生に提供したのは、自身の寝室である。もちろんリネンはすべて交換し、クローゼットには替えの寝具以外入れていない。念のため寝室用の消臭スプレーも使った。

もともと衣類はウォーキングクローゼットにまとめてあるので、寝室のクローゼットにはたいしたものが入っていなかったのだ。

今ごろ、ふたりはぐっすり眠っている——と思いたい。

——どうせ2SLDKの間取りは、ひとりじゃ持て余す。このまま一緒に暮らす方向でどうにかしたいが、妃月はうなずかないだろうな。

使っていなかった部屋にクッションを持ち込み、有己は天井を仰《あお》ぐ。

寝心地の悪さなんて、妃月が同じ屋根の下にいてくれるのなら一生我慢できる。

いや、早々に妃月と幸生に新しいベッドを買うつもりだから、有己がフローリングで寝る日々が続くわけではないのだが。
天井に向けて、右腕を伸ばす。
どれだけあがいたところで、手のひらは空に届かない。
けれど、いつかこの手が妃月に届くと信じているのだ。
あの日。
川沿いの桜に見向きもせず、橋の欄干《らんかん》に足をかけてうつむいていた少女を思い出す。
顔色が悪く憔悴《しょうすい》しきって、今にも川底に向けて飛び降りそうだった彼女。
――幸せだと、妃月は言った。
今、彼女は満ち足りている。
あのころと違って、孤独ではない。生きる希望を胸に、幸生との日々を暮らしている。
それがわかっていてなお、彼女を愛しく思う気持ちを止められない。
「……やけにせつねえな」
伸ばした手を戻して顔を覆い、ふれたくてもふれられない彼女を思う。
たった一度抱いた体は、今でも有己の中に鮮明な記憶として残っていた。
――次に抱くときは、もう逃げ場はない。俺は、おまえを……
テーブルに置かれていた手紙と指輪。

不甲斐《ふがい》なさを噛みしめるたび、有已は妃月の残した手紙を読み返した。

どうして、もっと彼女が誤解しない方法で愛することができなかったのだろうか。

どうして、もっと早く――初めて彼女を抱いた夜に婚姻届にサインを迫っておかなかったのだろうか。

どうして、こんなにも長い間、彼女と離れて生きてこなければいけなかったのだろうか。

――こんな後悔は終わりにする。

そして、今度こそほんとうの家族になる日まで。

§　§　§

土曜日の朝、目を覚ました幸生は「プアンタ、プアンタにお水あげれない」と急に泣き出した。

夜間保育のときもあまり泣かない息子だったので、いつもと違う家で目覚めたことで不安になったと気づくのが遅れる。

「だいじょうぶだよ。おうちに帰ってから、お水あげよう。もう秋だから、たくさんお水あげなくても平気なの。わかるかな?」

「だって、コスモスは? ぼくがいないとさびしいよ」

「コスモスは、コウちゃんいつ帰ってくるかなーって待ってるよ。でも、お花のお友だちがたくさんいるから、ちゃんといい子で待っていられるんだって」

「ほんと?」

「うん、ほんとうだよ。幸生が泣いてたら、泣き声を聞いて心配するかも」

「なっ、なかない。ぼくなかないよ」

泣き声を聞きつけたのは、コスモスではなくこの部屋の主のほうだ。

ドアをノックする音に、返事をすると、有己が顔を見せる。

「あー、悪い。泣き声が聞こえたから心配になった。幸生、怪我したところ痛いのか?」

「あきなさん!」

さっきまで泣いていた赤い目のまま、幸生がパジャマ姿の有己に抱きついた。

「おはよう、よく寝られたか?」

前髪を下ろし、眼鏡《めがね》を外した彼を見ていると、五年前に時間が巻き戻ったようだ。

「あのね、コスモスがまってるの」

「ふむ」

「だから、ぼくおうちにかえるの。お水がないと、おはなもやさいもかれちゃうから」

「あー、あれか。プランター」

「うん」

幸生を抱っこして背中をとんとんする有己は、知らない人から見ればいい父親だろう。

このふたりが昨日初めて会ったと知っている妃月でも、彼らの姿は親子にしか見えない。

「プランターはいっぱいあるのか？」

「ママ、プアンタいっぱい？」

唐突《とうとつ》に話の矛先《ほこさき》を向けられ、妃月はドキッとする。

矛先だけではなく、有己の視線がこちらに向けられたせいだ。

「そうだね。いっぱいあるかな」

「いっぱいは、なんこ？」

「うーん……」

頭の中でプランターを思い出す。

「たぶん七個かな？」

「そりゃ大量だ。幸生、毎日全部水やりしてるのか？」

「ぼくのかかりなの」

すごいな、えらいな、と有己に褒められ、息子は誇《ほこ》らしげに笑っている。

「じゃあ、朝ごはんが終わったらプランターを運びにいこう」

「えっ、あきなさんのおうちにプアンタもってくるの？」

――んん!? 待って、どういうつもり？

笑顔が凍った妃月に気づいているくせに、有己はそしらぬ顔だ。

「ああ。ママと幸生は、しばらく秋名さんのおうちで一緒に暮らしてほしいんだ。幸生の保育所に必要なものも、全部持ってこよう」

「あひるのじょうろも、もってきていい？」

「もちろん。うちのベランダも広いから、プランター七個置いても幸生が遊ぶスペースあるぞ」

有己の部屋は、二階だ。

昨晩、ちらりと見ただけだったが、おそらくルーフバルコニーがある。

近年増えてきている、高級低層マンションなのだろう。

「幸生、コウちゃん、聞いて」

「なーに？」

「あの、土日だけ秋名さんのおうちにいるくらいなら、プランターは運んでこなくてだいじょうぶよ」

もう幸生は泊まる気になっている。

今さら「ダメです」と言える雰囲気ではなかった。

「土日だけなんて言わず、しばらくいればいい」

「秋名さん！」

「なあ、幸生。秋名さんはひとり暮らしでさびしいから、一緒に住んでほしい」

「ママも？」

「もちろん、ママも」

「じゃあ、いいよ」

――コウちゃん、その素直さが愛しいけれど、悪い人にすぐ騙されそうで心配だわ。

だが、四歳の子どもに決定権をすべて与えるわけにはいかない。

「コウちゃん、ここはママとコウちゃんのおうちじゃないでしょう？　ずっといるわけにはいかないの」

なるべくわかりやすく伝えようと、妃月はふたりに近づく。

「でも、あきなさんさびしいって」

「そうだよ、幸生。秋名さんは寂しい。だから、家族になってほしいんだ」

「かぞく……？」

逡巡する幸生の目が、パッと大きく見開かれる。

――いけない！

母親だからこそ、幸生の表情が何を言わんとしているかわかってしまった。

「コウちゃん、」

「じゃあ、あきなさんはぼくのパパになるの？」

――間に合わなかった。

口から出た言葉には、思いが宿る。

音として発生することで、それまで気にならなかったものが突然ほしくて仕方ないものに変わることもあるし、大切なものの価値がなくなってしまうこともある。

だから、止めたかった。

幸生がその言葉を口に出す前に、違うと教えたかった。

「そうなれたら嬉しいけれど、まずは一緒に住んで仲良くなろう」

有己は、幸生の幼い思考を利用する気はないらしい。

「う一んと、なかよくなるとパパになる?」

「それはまだわからない。未来のことは、そのときにならないと誰にもわからないんだ。そのほうがおもしろいよな」

「うん! おもしろいの、すき!」

——彼に感謝しなきゃいけない。

大人の勝手な都合で、幸生に期待させすぎないでいてくれる。

有己の立場からすれば「パパになりたい」「パパになってもいい?」と言うことだってできた。

息子が父親に興味を持つのは当たり前だ。

ひとり親家庭が増えているとはいえ、保育所の友だちには両親がそろっている子のほうが多い。

祖母が送り迎えをしている家もある。

どうして自分には、母親しか家族がいないのか。

その疑問を、幸生が感じていないはずはなかった。

幼いなりに妃月を気遣い、余計なことを聞かない幸生に無理を強いている自覚があった。

――わたしは、この子に不自由をさせているのかもしれない。愛するだけで幸せにできるなんて、驕《おご》っているのかもしれない。

だが、その気持ちはぐっと心の奥に押し込む。

ないものねだりをしても、人生は何も変わらない。それは、妃月が二十五年かけて学んだことだ。

「おもしろいのが好きなのはいいけど、コウちゃん昨日、歯みがきしないで寝たの覚えてるかな～？」

大仰な言い方で、幸生の保育所グッズが入ったバッグから歯ブラシとメラミン製のコップを取り出す。

「あっ、ぼく、ぼくね、はみがきわすれてたの」

「早く歯みがきしないと、口の中で虫歯のムシさんたちが歯にチクチクしてくるよ。幸生、歯みがきする？」

「するー」

元気よく手をあげて、幸生がぴょんと飛び跳ねた。

「秋名さん、洗面所お借りしますね」

「どうぞ、ごゆっくり」

未来のことは、わからない。

子どもだけではなく大人だって同じだ。

だから、妃月は今できることをひとつずつこなしていく。

まずは幸生の歯みがきだ。

いつもと違う朝がやってきても、歯をみがくことは忘れてはいけない。

「ママ、歯みがきのおうた、うたう？」

「うん、歌ってみがこう」

幸生のお気に入りの恐竜の絵が描かれた歯みがきコップを洗面台に置くと、それだけで知らない場所がいつもの色に変わる気がした。

§　§　§

土曜日は、七個のプランターと親子ふたりの衣類や日用品を運ぶだけで一日が過ぎていった。

最初は有己のマンションに滞在することを弱めに拒絶していた妃月だったが、幸生が嬉しそうにしているのを見て、考えをあらためてくれたようだ。

合計四回の往復で、荷物の移動は完了した。

プランターの植物は、妃月と幸生が毎日丁寧《ていねい》に手入れしてきたらしく、どれも青々と葉をしげらせている。

見目麗《みめうるわ》しい花だけではなく、野菜を育てているところが妃月らしい。

――それにしても、パパか。俺は幸生にとって、いい父親になれるのか？

一方的な気持ちでいうならば、幸生を息子として慈《いつく》しむ準備はできている。

だが、それといい父親になれるかどうかは似て非なる問題だ。

あの子は「なかよくなるとパパになる？」と尋ねてきた。

核心をついた質問である。

たとえばこのまま向坂親子と仲良くなることはできるかもしれない。

有己の気持ちとしていうなら、ぜひそうなりたいし、そうなるつもりでいる。

妃月と結婚できて養子縁組なり、認知なり、必要な手続きを経て戸籍上の父となった場合、それで幸生の思うパパになったことになるのか。

――俺には、埋められない四年がある。同時に、白紙の未来がある。

妃月と幸生がバスルームを使っている間に、有己は夕食に使った食器を食洗機にかけ、氷を入れたトニックウォーターを飲んでいた。

荷物を運ぶ以外にも、彼らが暮らす上で必要なものを買い揃えたが、ベッド等の大きな家具はすぐに配達してもらえない。

無理を通している自覚があるからこそ、妃月たちが家に帰ると言い出す前に、距離を詰めてしまいたくなる。

――昔の俺なら、考えられない行動だ。

これまで生きてきた三十年で、ここまで強引に物事を運ぼうとしたのは初めてだった。

どうしても、妃月がほしい。

彼女と家族になりたい。

思えば五年前に、妃月と出会った日から有己の人生は変わったのだろう。

――家族がほしいなんて、まったく思ってなかったしな。

ひとりっこで親と離れて育った妃月と違い、有己には弟妹がいた。

面倒見がいいのは自覚があれど、だからといってきょうだいの面倒を見る青春時代を送りたかったかと言われれば答えはノーだ。

男にしか興味のない母親も、本妻がいるのに愛人との間に子どもをぽこぽこ三人も作る父親も、家族はすばらしいと思うきっかけにはまったくならなかった。

――ああ、そうか。

家族がほしいわけではなく、妃月と家族になりたいと思ったのが始まりだったのだ。

甘え下手《べた》でどこか困り顔の彼女。

そばにいるうちに、次第に表情が明るくなっていくのがかわいかった。

愛しいと思えば思うほど、彼女と生きるためには極道なんかやっていてはいけないと感じ、有己は組を抜ける決心をした。

そして、それが彼女の心を追い込んでしまった――


「あー、それ、指輪な」

初めて妃月を抱いた数日後、内心かなり心臓をばくつかせながらなんでもない顔をしてテーブルにリングケースを置いておいた。

「え、指輪？　もしかして、誕生日プレゼントですか？」

誕生日直後だったこともあり、彼女は秒で勘違いをする。

そのままケースを開けてもらうつもりだったが、有己は慌てて取り上げた。

「？　有己さん？」

「……あのな、誕生日プレゼントじゃなくて、これは結婚しようって意味だろ」

「けっ……!?」

両手で口元を覆って、妃月が顔を真っ赤にする。

――いやいや、待てよ。あの夜だって、俺言ったよな?

そうでなければ、避妊もせずに彼女を抱いたりしなかった。

「わ、わたし、あれはピロートークというものだと思ってました……」

素直で純真でときどき鈍感で、そのくせ繊細な妃月に、小さくため息をつく。

「いいか、妃月」

彼女はまっすぐにこちらを見上げていた。

「もしあれがただのピロートークだったら、俺はわりとろくでなしだ」

自分で言っていても、むなしくなる。

男を知らない彼女に手を出して、ことの直前に結婚しようと言ったのだ。

それがただ、妃月を抱くためだけの方便だったと思われていたなんて有己としても
ショックが大きい。

「あの、有己さんがろくでなしだとしてもわたしは好きです」

――はい、そういうところ。

「おまえは男に甘い!」

「そう、ですか……？」

「こんなよちよち歩きのお嬢さんが、ほかの野郎に同じことされたら、俺は耐えられそうにねえよ」

彼女が自分を好きだと言い出したのが、刷り込みのようなものだということも有己はわかっていた。

おそらく、ほかに頼れる大人を知らなかったのだろう。

父の顔も知らないと言っていたからには、年上の男に弱い可能性もある。

何もかもが嫌になったときに、偶然拾われた。

その流れなら、妃月が自分に好意を持つのは当たり前ともいえる。

――ただそれを、こいつは恋愛感情だと思ってるだけだ。

「……失礼だと思います」

童顔の妃月が不満げに睨《にら》みつけてくる。

「あん？」

「ほかの人とあんなこと、わたしできませんっ」

「あ、ああ、まあそりゃ、初めてだったんだからしてねえのはわかってるけど」

「そうじゃなくて！　この先だって、有己さんとしかしたくないって言ってるんです！」

純粋ゆえの破壊力。

――おまえは、俺にしか抱かれたくないって言ってるの気づいてんのか？　それはつまり、俺と結婚するってことだろうが。

「ほー。だったら、今すぐ二回目を堪能してもいいんだぞ？」

「っっ……！　それは、あの、まだちょっと痛いというか違和感があって……！」

初めての彼女に、初回から思い切り慾望をぶつけた大人げない大人がいる。

ほかでもない自分だ。

「でも、ほかの人とはしないです。有己さんのろくでなしなところは、わたしをほかの誰かと寝る女だと思ってるとこです」

全力でぶつかることを、妃月は恐れない。

怖がりのくせに前向きで、無自覚な上に無鉄砲《てっぽう》だ。

「……わかった。俺の負けだ。俺が全面的に悪い」

完全降伏宣言とともに、有己はリングケースを開けて彼女に差し出した。

「結婚しよう。俺は組を辞める」

「有己さん……」

「まだ少し時間はかかるかもしれねえけど、絶対カタギになっておまえと家族になりたい。だから、それまで待ってろよ」

今思い出しても甘くて青くさいプロポーズだった。

そして、妃月は指輪をつけていたけれど、有己の言葉に一度もうなずかなかった。

結婚しますとも、一緒にいたいとも、彼女は言わなかったのだ。

——あのときにはもう、離れることも考えてたってことだよな。

食洗機が終了の電子音を鳴らす。

それに続いて、湯上がりの妃月と幸生がリビングに戻ってきた。

「あきなさん、おふろありがとうございましたっ」

「おー、幸生、髪ちゃんと乾かしたか？」

ドライヤーしたてのふわふわした黒髪を撫でると、腹の底からこみ上げる言葉にできない感情がある。

——これが父性ってやつか？

「いっぱいかわかした！」

「偉《えら》いな。幸生は世界一の四歳児だ」

「せかいいち？」

「いや、宇宙一だ」

「うちゅういち！」

意味をわかっているのかいないのか、幸生は両手を広げて喜んでいる。

「そっちも、ちゃんと乾かしてきたんだろうな。息子の面倒だけ見て、自分は手抜きなんて風邪ひくぞ？」

幸生の髪を両手でわしわしと撫でながら、少しそっけない口調で妃月に念を押す。

彼女は以前より筋肉質になったと自称していたけれど、相変わらず腕も足も細くて、簡単に折れてしまいそうだ。

「乾かしましたよ。有己さん、昔より過保護になりましたね？」

「おまえは言いたいこと言うように——いや、昔からそんなもんか。儚《はかな》げに見えて、けっこう好き放題言うところはあったな」

度の入っていない眼鏡をかけたまま、有己は片頬で笑みを作る。

——だけど、距離を置こうとしてるくせに、昔の呼び方に戻ってるんだ。そういう迂闊《うかつ》さが愛しいなんて言ったら、どんな顔をする？

「あきなさんは、ゆーきさんなの？」

「ん？」

不思議そうに首を傾げて、幸生が有己を見上げていた。

「そうだ。秋名有己って名前なんだ。幸生は、向坂幸生だろ？」

「はい！　さきさかこうせい、よんさいですっ」

どこかで教わったような自己紹介が、食べてしまいたいほどにかわいかった。

「ママもさきさかっていうんだよ。おなじみよじなの」

名字がうまくいえないところも、ほかほかの赤い頬も、自分に似たクセ毛の黒髪も。

――なんだ、このかわいい生き物は。

「コウちゃん、あんまり遅くまで遊んでると明日の水やりに寝坊しちゃうよー？」

歌うような口調で、妃月が言う。

「ぼく、はやくねる！　あきなさんも、いっしょに水やりする？」

「そうだな。一緒にしよう」

「やったー。おやすみなさいっ」

「あっ、幸生！」

言うが早いか寝室へと駆けていく後ろ姿を、妃月が慌てて追いかけた。

まだ手のひらに残る、幸生のやわらかな髪の感触。

有己は両手のひらを胸の高さに持ち上げて、しみじみと感じ入る。

——俺は、いい父親になれるかどうかに悩む時間なんてない。いい父親になる努力をするだけだ。

そのためにできることなら、なんでもやろう。

もう二度と、愛しい者と離れることのないように。

§　§　§

コスモスの季節が終わる。

秋の空が遠ざかり、冬の冷気がひそやかに上空に集まってくるようになった。

——わたしは、なんでいつまでも有己さんのマンションにいるんだろう!?

別れていない宣言はあったものの、未婚シンママの自分を選ばずとも彼なら寄ってくる女性はいくらでもいるはずだ。

「妃月、その卵焼き味薄いから醤油つけたほうがいい」

「あ、はい。ありがとうございます」

朝から有己の作った朝食を三人で囲んでいる。

こんな生活が、もう一カ月以上続いていた。気づけば十一月。

「ゆーきパパ、ぼくのは？」

「幸生はケチャップ。醤油は塩味が強いからな」

血縁関係を知らないままでも、有己と幸生はすでに完全に親子にしか見えなくなった。

――って、いつの間にかコウちゃん、有己さんのことパパ呼びになってたし。

パパになれるかどうかはわからないとはっきり言っていた有己も、すでに保育所では父親顔で出入りしている。

これは、ひとえに妃月の優柔不断が招いた事態だ。

有己の家にこんなにも長く滞在している。

いくら幸生が帰りたくないと言っても、有己がどんどんふたりのために家具を買い足してくれても、関係ないと言って帰ることだってできたのに。

――嫌いで別れた人じゃない。それに、あのころの問題はもうなくなってる。有己さんは、足を洗ってひとりで生きてきたんだから……

「ママ？」

「ん？　どうしたの？」

「ママがどうしたの？　こわいかおしてた」

朝から考えごとをして、息子を心配させてしまった。

――いけない。考えるのは、幸生が寝てる時間にしようって決めてたのに。

「難しいお仕事のこと考えてたの。怖い顔してないよ。ママ、元気！」

「ほんとぉ？」

「うん、ほんとうだよ」

幸生の語彙《ごい》力が少ないことや、言い間違いが多いことを、以前は気にしないように努めていた。

けれど、有己と暮らして息子はどんどんお話がじょうずになっている。

「今日は？」

「あ、いつもどおりです。定時で帰れると思うので、幸生のお迎えはわたしが」

「わかった。妃月、眉間にしわ寄せてたぞ。あまり無理するなよ」

こんな会話が普通になっているのは、受け入れていいことなのだろうか。

毎朝、有己の車で幸生を保育所に送っていき、そのあと二重丸不動産まで乗せてもらっている。

さすがに会社の目の前に車を停められるのはまずいので、少し離れた場所で降りているものの、いつ噂《うわさ》になってもおかしくない。

先週末は、冬物の衣類を取りにアパートへ行った。

『この部屋、いつまで借りてるんだ？』

『いつまでって、ほんとうならここがわたしと幸生の自宅です』

『もう、ほとんど俺の部屋にいるだろ。無駄遣《むだづか》いするより、家賃の分も幸生のために貯蓄にまわしてやれよ』

彼の言っていることが間違っているとは思わない。

ただし、有己と妃月の関係は現時点でどうなっているのか自分でもわからないのだ。

有己は別れていないと言ったが、だからといって昔のように恋人らしい関係を求めてくるわけではない。

——むしろ、恋人というよりほぼ夫というか……。

妃月の持つ夫のイメージは、実体験に基づかない。

夫、父という立場の人がいる家庭を知らずに育った。

だから、有己に対して感じるほぼ夫という印象は、過去にテレビのＣＭやドラマで見た何かだと思う。

「あっ、ゆーきパパ、これはこまつな？」

「これは雪菜《ゆきな》。青梗菜《ちんげんさい》の仲間だ」

「ゆきなって、ゆーきパパのなまえににてるね」

以前は小松菜を言い間違えて、プランターをうまく発音できなかった幸生。

夜間保育やファミリーサポートセンターを利用することがなくなり、保育所にいる以外の時間は有己と妃月がそばにいる生活になって、一気に成長したのが目に見える。

——最近、プランターもじょうずに言えるようになった。

五年前、妃月が懸念していた問題は、現状から見るに解決されている。

だとしたら、自分が有己を拒《こば》む理由はもうないのかもしれない。

もとより嫌いになって別れたわけではないのだし、意地を張らずに彼への想いを伝えるほうがよほどいい。

そう思うこともあるのだが、タイミングがわからないのだ。

——有己さんも、そういう感じじゃない気がする。

度なしの眼鏡をかけた彼は、どこからどう見てもエリートにしか見えない。背中から肩の前面、二の腕まで鮮《あざ》やかな入れ墨が入っているだなんて、誰も想像しないだろう。

まして、彼が以前は反社会的勢力の一員だったと思うはずもない。

「おー、なんだ、朝からずいぶん見惚《みと》れてるみたいだな」

「そ、そういうわけじゃないです」

「ふーん？　俺はいくらでも見てもらってかまわないが」

——幸生の前で誤解を招くことは言わないでください！

とは、口に出して言えないのがつらいところだ。

「はーい、いっぱいみる！」

「よし、じゃあ俺は幸生をいっぱい見るとするか。んん？　このかわいい顎についてるごはん粒は、なんだ～？」

「え、どこ？　どこについてるの？」

こんなふうに、一瞬ドキッとすることがあっても、ほのぼのした日常に紛れていく。

——今は、このままでいっか。

今だけは、普通の家族のふりをして。

日常のやすらぎに浸っていたい。

「ママー、ごはんつぶ、どこー」

「うん？　ここだねー」

これが予行演習で、近い将来ほんとうになればいいのに、と妃月は思う。

同時に、こんな日々を五年前の自分も夢見ていたことを思い出した。

あの七夕の夜。

きっと、夢のような未来に心を馳《は》せていた。

それが叶《かな》わぬ夢だとも知らずに――

§　§　§

妃月が有己の家で穏やかな時間を過ごしているころ。

都内某所にあるオーセンティックバーで、ふたりの男が彼女の話をしていただなんて妃月が知るはずもない。

「――なるほど。やはり彼女は、そういうふしだらな女だったんですね」

「ええ、節操のない女性でした。そのせいで、婚約中だった女性ともうまくいかなくなりまして、煮え湯を飲まされました」

ひとりは二重丸不動産営業二部部長である丸岡健二《まるおかけんじ》。

そして、もうひとりは柴田和也《しばたかずや》。かつて、妃月が働いていた工場に出入りしていた、親会社の社員だった男だ。

「具体的に、どういう関係だったんです？」

「丸岡さんもお好きですね。まあ、若くて男好きする女性というのは往々《おうおう》にしているものです。彼女もそのひとりだったということですよ」

「そのわりに、最近はずいぶん身持ちが堅いふりもうまくなったようです。ああ、こちらが先に金額を提示していれば違ったんですかね？」

妃月が事実無根だと必死に否定した過去も、柴田の中では都合よく改ざんされていた。

「それよりも、彼女が二重丸不動産のような立派な会社に勤められることが驚きですよ。学も家柄もない女でしょう？」

「まあ、うちもね、高卒で未婚の母なんて面倒な社員は厄介《やっかい》なんです。でも、そこは企業としてのアピールもしていかなければいけませんからね」

柴田和也は、当時工場で働く未成年の妃月を憎からず思っていた。

しかし、親会社の幹部の令嬢と婚約した身であり、結婚前に最後の遊びを堪能する相手として選んだだけだ。出世の役に立たない顔がかわいい程度の女なら、掃《は》いて捨てるほどいる。

結局、柴田は二股をかけていたキャバ嬢との関係がバレそうになったとき、妃月を身代わりに仕立てることを選んだ。

妃月が施設育ちで、守ってくれる家族がいないことは前もって調べて知っていた。そういう点も、遊び相手にはちょうどいいと思っていたからだ。

プライドの高い婚約者は、貧乏で金銭目当ての下賤《げせん》な女のせいで自分の男が惑《まど》わされたと信じ込んでくれたし、妃月も妃月で予想どおり何もしていないのに謝罪していた。

――あれでうまくいったと思ったのに。

その後、柴田は別の女の妊娠が発覚し、逆玉の輿《こし》に乗る道から強制ドロップアウト。出世コースからも離れ、家に変えればヒステリックな妻とわがままな子どもが待つ生活にうんざりしている。それが自分の招いた結果だなんて、考えない男だった。

知人に紹介された丸岡健二は、二重丸不動産の自称次期社長ということもあり、コネのひとつも作ってやろうとしていたときに、かつて自分になびかなかった女が彼の元で働いていたことを知ったのだ。

――俺がうまくいかないのは、あの女のときに躓《つまず》いたせいだ。

事実誤認も甚《はなは》だしいが、この世にはなんでも他人のせいにしたがる人種というのが存在する。

「体だけはいいですからね。男をその気にさせるのがうまいと、当時も有名でしたよ」

嘘《うそ》八百を並べ立て、彼女を貶《おとし》める。

どうせ、誰が言ったかなんてバレやしない。

今はシンママになっているというし、実際に父親のわからない子どもを産んだのだろう。

「――実は、最近その彼女について気になる話がありましてね」

丸岡は、声をひそめる。

「どんな話です？」

「うちの会社を買収しようとしている不届きな成金がいまして、その男に取り入っているらしいんです」

「ああ、それはよろしくない。まったくもって、下品な話だ！」

くだらないプライドと、女性蔑視《べっし》。

彼らを駆り立てるものは、所詮その程度のもの。

グラスの中で、氷が溶ける。

夜は更け、身勝手な男たちの会話は一向に終わる気配なく続いていく――

§　§　§

平日の朝は、二十分間だけふたりきりの時間が訪れる。

幸生を保育所に送り届けたあと、有己の車で会社まで乗せてもらう間だ。

「……ほしいと思わないか？」

「何をですか？」

「幸生のきょうだい」

――なっ……!?

助手席に座ったまま、妃月は息を呑《の》む。

そのまま数秒、呼吸するのも忘れてしまった。

――この人、言うに事欠いて何を言い出したの？

「いいなって言ってただろ」

「ゆ、有己さんのことをいいというか、好きというか、そういうふうに思っていたのは事実です。でもそれは五年前の話で、今、あの、子どもを作る関係になりたいなんて、そんなことわたし――」

「待て待て待て、朝から何を言い出してるんだよ」

「それは有己さんのほうです！」

顔を真っ赤にして、妃月はバッグを抱きしめる。

自転車に乗らなくなってから、リュックはやめた。

前カゴに幸生の荷物を入れるため、自分の荷物はいつも背負えるものにしていたのだ。

「俺にきょうだいがいるのを知ったとき、おまえがいいなって言った話だ」

「……………そ、それは、言ったかもしれません」

勘違いした自分も悪いが、彼の言い方にも問題がある。

——いかにも子作りするかみたいな……。って、いや、違うの。そうじゃないの！

ただ一度の、奇跡の夜。

あの日のことを思い出して、ますます恥ずかしさに拍車がかかる。

「妃月が幸生を愛してるのは俺にだってわかってる。だからこそ、ひとりで寂しかったおまえが、幸生にきょうだいをほしいと思わないのか気になった」

「ほしいと思ってできるものじゃないです」

「ほしいと言ってくれれば、いくらでも協力する気はある」

「だから、朝からそういう話はどうかと思います！」

「朝しか、ふたりで話せないからな」

二重丸不動産のビル手前で、有己が車を停める。

「俺は本気だよ」

「っっ……送ってくれてありがとうございましたっ」

ますます赤くなった頬のまま、妃月は車を降りた。

――まったく、まったくまったく！　有己さんは……っ！

その日は、一日中頭の片隅に朝のやり取りが残っていて、妃月にしてはミスの多い日になった。

第三章
疑われた過去

ＡＫＩＮＡ本社の社長室で、有己《ゆうき》は窓の外の景色に目を向ける。

五年前の自分には到底見られなかった世界だ。

――あのころは、妃月《ひづき》さえいればそれでいいと心から思っていた。

消えた彼女を探しまわり、ヤケになってケンカもした。

それ以外の理由でも生傷は絶えなかったが、不必要に怪我をして、その痛みで妃月がいない寂しさを埋めようとしていたのかもしれない。

「社長、先日ご依頼いただいた調査結果です」

「ああ、助かるよ。ありがとう」

この一年、有己の秘書を務めている岩永《いわなが》がわざわざ印刷した冊子を運んでくる。

たいていの資料はデータでやり取りするが、極秘資料はあえて印刷物にするのだ。

――どうせおまえだと思ってたよ。

冊子をめくり、有己は左頬を歪《ゆが》めた。

「岩永、弁護士の立岡《たておか》先生に連絡しておいてくれ」

「かしこまりました」

「それと、二重丸《にじゅうまる》不動産の件、少しペースアップしたい」

「担当に伝えておきます」

「俺が結婚するのに休暇を取るとしたら、時期はいつがいい？」

「…………」

常に即答即対応がモットーの秘書も、さすがに沈黙する。

「お相手のご令息の誕生日ごろがよろしいのではないでしょうか」

「……なるほど」

「三月二十五日ですと、今から準備すれば一週間ほど日程を調整できるかと存じます」

今度は、有己のほうが返答に詰まる番だ。

――優秀だとは思っていたが、幸生《こうせい》の誕生日まで覚えているとは。まったく、うちの会社にはいい人材が多い。

「じゃあ、そこに俺の休暇を」

「かしこまりました」

勘のいい秘書は、そこで会話が終わったことをすぐに察して社長室を出ていく。

――誕生日プレゼントにきょうだい……は、さすがに無理か。ああ、その前にクリスマスは何をしたら幸生は喜ぶんだろう。

気の早いサンタクロースは、ひとりほくそ笑む。

§　§　§

「おはようございます」

「おはようございます、向坂《さきさか》さん」

映美《えみ》がパッと手をあげて、挨拶《あいさつ》を返してくれる。

金曜だというのに、相変わらず朝から元気な人だ。

「片倉《かたくら》さん、今日はいつにもまして表情が明るいですね。何かいいことでもありました？」

そういえば最近、映美からＡＫＩＮＡの社長についての話を聞かない。

――有己さん、週一回くらいはこっちに来ているから、みんな見慣れてきたのかな。

「実は今日、いい感じのお食事会があるんです。友だちがマッチングアプリでセッティングしてくれて！」

「マッチングアプリ……」

「え、使ったことないですか？」

素直にうなずくよりほかない。

「あの、違ってたらすみません。マッチングアプリって、出会い系……ってことですよね？」

「えー、うーん、古い言い方だとそんな感じですけど、最近ぜんぜん違いますよ！　普通に友だち探しに使ったり、ママ友募集みたいのもあったりします」

「そうなんですね。わたし、そういう情報に疎《うと》くて……」

考えてみれば、流行《はや》っている曲も服もメイクもあまり知らない。

仕事に必要な洋服も、なるべく流行に左右されないものを選びがちだ。

「わたし、ときどき向坂さんって天然の小悪魔に思うときがあります」

「こ、こあくまですか？」

「だって、わたしが男だったらきっと向坂さんみたいな子、大好きです！」

力の入った言葉に、思わず笑いそうになる。

「わたしなら、自分より絶対片倉さんを好きになります。でもきっと、片倉さんに好きになってもらえる男性にはなれません」

「はい、そういうところです。謙虚《けんきょ》ってやっぱり大事ですよね。向坂さんのは意識してやってないから特に！」

返事に困りつつ、とりあえずパソコンを立ち上げた。
一日の始まりはメールチェックから。
メーラーを起動すると、新着メールの数が――二十通を超えている。
――え？　なんで？
仕事でトラブルがあったのだろうか。
しかし、そのわりにほかの社員たちは焦《あせ》っている様子がない。
送信時間順にソートされたメールの件名を目にして、妃月は背筋がゾッとした。
『向坂妃月は男好きの不倫女』
『人の男が大好きな迷惑シンママ、男漁《あさ》り中』
『銭《ぜに》ゲバ妃月は夜の営業がお得意』
『役職付き限定食べ放題・向坂妃月の男遍歴』
これまでの人生で、およそ自分に縁のない単語がずらりと並んでいるのだ。
――何、これ……。
恐怖に指先が震える。
悪意を向けられているのが明確に伝わる言葉の羅列《られつ》。
件名だけ見ても事実無根だと言い切れるのに、誰が送ってきたかわからないメールには反論のしようもなかった。

即座に削除したい気持ちになるも、これはあきらかな問題行動だ。

――証拠、だから。

フォルダを作って、内容を見ずに保存する。

似たりよったりの件名のメールは、合計十八通にものぼった。

「あの、片倉さん」

「はい。どうしました？」

「なんか、迷惑メールみたいなの来てませんか……？」

戦慄《せんりつ》に歯の根が噛《か》み合わない。

喉の奥に酸っぱいものがこみ上げてくる。

「迷惑メール、たまにありますよね。でも、そんなに気にするほどはないです。何かヘンなメールでも来たんですか？」

「いえ、ちょっと気になっただけです。すみません」

かろうじて、笑みを繕《つくろ》えただろうか。

妃月はハンカチを手に、オフィスを出てトイレに駆け込んだ。

午後になって、雨が降り出した。

冬の雨は凍った湖の底のように、ビル全体を冷たく包み込んでいく。

今日の仕事をほぼ終えて、妃月は気力を振り絞った。

——メール、送信元と送信先ぐらいは確認しておこう。

件名だけで気分を悪くしたが、放っておくのも気が滅入《めい》る。

土日を挟んで、月曜の朝にも同じようなメールが来る可能性だってあるのだ。

十八通のメールは、すべて送信元アドレスが異なっていた。

しかし、宛先は妃月のメールアドレスのみ。

不特定多数に見せるためではなく、妃月個人に精神的なダメージを与えたいのだろうか。

本文に書かれていたのは、九割以上が嘘《うそ》ばかり。

けれど、ほんのわずかに真実が書かれているところが悪質で真実味を帯びている。

——前の工場で働いていたときのことを、どうして知っているの?

『向坂妃月は、十代のころに勤め先をクビになっている。その理由は、親会社のエリートサラリーマンに対し、詐欺《さぎ》をはたらいたせいだ。あわれな被害者男性は、向坂妃月の誘惑に根負けし、婚約者がいるにもかかわらず罠に落ちた。向坂妃月は男性から金《かね》と精《せい》（笑）を絞り上げ、見事妊娠に成功し、今も同被害者に金銭をせびっている』

内容のほとんどが嘘だとわかっていても、妃月の過去を知る誰かが書いた文面だといういうことは伝わってきた。

「向坂さん、ちょっと」

「っ……はい」

丸岡《まるおか》部長のいつもの呼びかけに、顔面蒼白のままで妃月は席を立つ。

「なんでしょうか」

「聞き捨てならない話を聞いたんだが、ここでは話しにくい。こっちに」

パーティションで区切られた打ち合わせ用スペースに移動し、部長は乱雑に椅子《いす》を引いた。

ギイ、と何かが軋《きし》むイヤな音がしたが、彼はなんら気にしていない様子で「座りなさい」と言う。

朝から精神的に追い詰められて一日を過ごしている妃月は、張り詰めた緊張に息苦しさを感じていた。

「あの、聞き捨てならないお話というのは……」

「きみね、会社に申告している住所に住んでいないんじゃないか？」

——え……？

「引っ越しをしたのなら、社会人としてきちんと住所変更の申請をすべきだろう」

「待ってください。引っ越しはしていません」

「嘘をついても、すぐにバレるんだよ」

そうは言われても、引っ越しをしたわけではない。

——だけど、どうしてわたしが自宅に帰っていないことを知っているの？　いったい、誰からそんな話を聞いたの？

「それとも男のところにでもしけこんでるのか？　子どもを放って？」

「……息子を放っておいたりしません。おかしなことをおっしゃらないでください」

幸生のことを勝手に推測されるのは、ひどく不快だった。

それは、妃月自身が母親からネグレクトを受けて育ったからこそ、同じことをしていると思われるのに嫌悪したのかもしれない。

「ふん、心配してやってる上司に対して失礼な」

「……それは、ご心配をおかけして申し訳ありません。ですが——」

——正式に引っ越したわけではなくとも、わたしが現住所にほとんど帰っていないのは事実。それに、毎日帰っている家が男性の部屋だというのも否定できない。

余計なことを言って、墓穴を掘るのは避《さ》けるべきだ。

今朝届いていた一連のメールが、もしかしたら部長のもとにも届いているのか。

そう思ってから、内容の方向性が違うと気づく。

「部長」

「なんだ」

「そのお話、どこからお聞きになったんでしょう？」

自宅アパートには、ときおり戻って荷物を運んだり、郵便受けがいっぱいになったりしないよう気をつけている。

妃月の自宅を監視でもしていなければ、そもそも思いつかない荒唐無稽《こうとうむけい》な話だ。

そして、ほんとうに監視しているなら一緒に住んでいる相手が秋名有己《あきなゆき》だとバレないはずがない。

現実の一部分だけを切り取って、嘘を織り交ぜたという点で見ればメールと同じ。

ただ、メールは過去の工場勤務時の誤解を根拠としているが――

「誰から聞いたかなんて関係ないだろう！　何日も家の明かりがついていなければ、そう思われてもおかしくないんだからな！　李下《りか》に冠《かんむり》を正さずと言う。それでなくとも後ろ暗いところがあるなら、これ以上周囲に誤解されるような行動をするなということだ」

反論を許さない勢いで言い放つと、丸岡部長は立ち上がって自席へ戻っていく。

妃月は、立ち上がれなかった。

自分は悪くないと思う反面、誤解されるような行動をとっていないと言い切れない。

少なくとも、現時点で交際しているわけでもない男性の家に息子と一緒に暮らしているのは事実だ。

過去に関する、偏《かたよ》った視点からのメールが届いていたことも影響している。

あのとき、工場で無理やり謝罪を要求されたとき。

誰も自分の声を聞いてくれなかった。

柴田の言う嘘を疑ってくれる人はいなかった。

立場という言葉を、否《いや》が応でも思い知らされた一件だ。

真実がどうであれ、事実として妃月は『謝罪をした』のである。

――自宅に帰らなきゃ。誰が見ているのかわからない。有己さんに迷惑をかけるわけにもいかないし、幸生に悪影響があったら……。

スカートの上で握りしめた手は、関節が色を失っている。

短い爪が手のひらに食い込んで痛いほどなのに、その痛みを感じられないほど心のほうが先に傷ついていた。

後ろ暗いところがあるなら、誤解される行動をとるべきではない。

丸岡部長の言ったことの大半が納得できなかったが、その言葉だけは心のやわらかい部分に突き刺さっていたから。

§　§　§

「さて、これで八十パーセントの株がＡＫＩＮＡの保有となったわけですが、二重丸不動産としてはこちらの提案をどうお考えでしょうか」

部下の言葉に、相手企業の上層部が苦々しい顔をする。

――五十一パーセントを超えた段階で提言してきたというのに、これまでまともな対策をしなかったのだから当然の結果だ。今さらそんな渋い顔をしたところでどうにもならない。

ＡＫＩＮＡとしては連結子会社化するより、解体して売り払うほうが利益になるのはわかっていた。

すでに、この会社はまともな経営状況になく、老いた経営陣が過去の威光をかざしているだけだ。

「……我が社に手出しすることは許さん」

社長の丸岡自身が、あまりに無謀《むぼう》だった。

同族経営による能力の欠如がここへ来て顕著《けんちょ》に見える。

そうでなければ、AKINA側がいかに高く買い付けていたとはいえ、株全体の八十パーセントを占めることなどありえなかった。

もともと、二重丸不動産に目をつけた理由は社長の持ち株が二十パーセントを切っていたのが一因である。

株式会社の経営者は、株主だ。

景気のよかった時期には前社長が六十五パーセントの株を保有していたが、今の丸岡二郎《じろう》社長の代になってから無謀《むぼう》な買い付けや投資によって経営状況が悪化し、株をどんどん手放していった。

持ち株が五十一パーセントを切った時点で、丸岡二郎は経営者ではなく雇われ社長になっていたことに気づく必要があったのだろう。

――株主でもある幹部たちが喜んで株を手放した。この時点で、二重丸不動産に未来はない。

「弊社といたしましては、臨時株主総会の開催を希望いたします。その場で二重丸不動産の連結子会社化と、新たな取締役社長の選任を検討する所存です」

「そっ、そんな勝手は許されない！」

社長の息子で、悪評高い丸岡健二《けんじ》が口を挟む。

負け犬の遠吠えよろしく声は大きいが、この男が営業二部の部長に就いてからというもの、見栄ばかりの用地仕入れが多く、二重丸不動産の経営は大きく傾いた。

この男が、妃月に対してセクハラじみた発言をしてきたことは調査済みだ。

——おまえの勝手にもさせねえっつってんだよ。

心の中で小さく毒づいて、有己は眼鏡《めがね》の奥の目を細める。

「我々としても、歴史ある二重丸不動産を解体するような方法を採りたくはありません。まずはいったん、経営主体をこちらにおまかせいただき、安全策をとっていきましょう。経営状態が安定すれば、新たに銀行から借り入れも可能となります。創業者一族の皆さまにとっても、株券が紙くずになるのは惜しくありませんか？」

「それは……」

「大手の傘下に入ったほうが、社としては安泰じゃないか？」

「今どき、社名を残すことにこだわるほどのことでも——」

――ほら見ろ。おまえらの会社は、もうとっくに終わっている。

すでに消化試合と化した連結子会社化は、有己の言葉を必要としていなかった。

問題は、丸岡健二のプライベートでの行動のほうにある。

妃月について調査をさせてわかったことのひとつだが、健二は彼女に対し異常な執着を持っていたのだ。

以前の職場で彼女が陥れられた相手男性――柴田和也。

柴田と健二につながりがあることまではわかっている。

――執着している様子はあるが、今のところ目立った実害がない。被害が出る前に、妃月にはこの会社を離れてもらったほうがいい。

ゆっくりと愛を育みたいと思う気持ちはあれど、彼女を早く連れ出さないと丸岡がどんな行動に出るか。有己はそろそろ行動を起こす必要性を感じていた。

幸いにして、幸生も自分になついてくれている。

妃月の心の壁も、だんだんと低くなってきた。

――とはいえ、俺もたいがい丸岡のことを言えない程度に妃月に執着してるわけだ。

自覚した愛情に、有己は自嘲《じちょう》を噛みしめる。

どうしようもないほど、妃月を愛していた。今も、愛している。

§　§　§

雨が続いたあとの、快晴。

けれど、妃月の心は空と反比例して重く湿っていた。

土曜の朝、目を覚ました瞬間に昨日のメールと丸岡部長の言葉が思い出される。

――ダメだ。いつまでもここにいたら、ダメなんだ。

その気持ちは、五年前によく似ていた。

違うのは、当時は有己の将来のために身を引いたこと。

今回憂えているのは、幸生の未来だ。

「んー……」

まだ眠っている幸生を見つめていると、自分のせいでこの子にまで苦しい思いをさせるかもしれない不安が喉元までせり上がってくる。

――わたしは、母とは違う。幸生のことを大事にしてるし、幸生の話も聞いてる。

食事も、衣服も、保育所も……

けれど、子どもに父親の存在を明かしていないところは同じではないか。

自分のルーツを知らずに育つことが、ある種の引け目を感じさせる。

妃月はそれを身を以《もっ》て知っていた。

母親と引き離され、施設で育ったことを自分から話すことはほとんどない。

同情されるのも、それでも親を大事にしろと言われるのも、妃月の心と噛み合わないからだ。

——だけど、わたしのせいで幸生が後ろ指をさされるのだけはイヤ。

無理やりに頭を押さえつけられ、謝罪しろと命じられた日の屈辱は消えない。

自分が悪くなくても、社会的に上の人間と意見が対立したとき、立場の弱いほうが折れるしかないという事実を突きつけられた。

もちろん、そんな極端な考えの人間ばかりではないと今は知っている。

だが、少なくない数の人たちが、長いものには巻かれろと言う。

古い考えだと一蹴《いっしゅう》するには、力が必要だった。

未だに男尊女卑が払拭《ふっしょく》しきれない世の中だ。

妃月の過去を知れば、事実を知らずに否定してくる人がいるだろうこともわかっている。

——家族にすら愛されなかったくせに、と嘲笑《ちょうしょう》されるのが怖い。誰も守ってくれない、反論してこない相手だから虐《しいた》げていいと思う人が怖い。わたしの立場が弱いからといって、幸生を同じように見る人がこの先いないとは限らないんだ。

あたたかなベッドの中にいるのに、手足の指先がひりつくほどに冷たくなっていた。

――自分の足で立とう。少なくとも、そうすれば非難される点がひとつ減る。

「……よし」

手をぎゅっと握りしめて、ゆっくりと開く。

この手は自分の意思で動かせて、幸生を守っていくことができる。

――まずは、有己さんにきちんと話して、ここから出ていく。幸生とふたりで生きていく。

「ママ……？　おはようのじかん……？」

「今日は土曜日だから、まだ寝ていてだいじょうぶだよ」

「プランター……おみず……」

言いかけて、幸生がまた寝息を立てる。

――ママが暗い顔していたら、コウちゃんが心配するよね。

暗い気持ちも、愛しい我が子を見ていると微笑《ほほえ》みにかわる。

前を向こう。明るくいよう。

妃月は自分に言い聞かせて、幸生を起こさないようそっとベッドから起き上がった。

リビングは、窓から冬の日差しを受けてキラキラと輝いている。

「おはようございます」

いつから起きていたのか、すでにキッチンで料理をしている有己に声をかけた。

休日の彼は、眼鏡をかけていない。

「おはよう、妃月。幸生はまだ寝てるのか?」

「さっき一度起きたんですけど、また寝ちゃいました」

「寝る子は育つって言うからな」

くっくっと笑う彼の背中が、昨日までより遠く見える。

優しい手と声の有己に、また別れを告げなければいけない事実が胸に重くのしかかる。

「あの、少しお話したいことがあるんです」

なるべく深刻になりすぎないよう、言葉を選んでそう言った。

彼の厚意には感謝している。

幸生の父親のことを何も聞いてこないのは、関心がないからではないとわかる。

——いつだって、有己さんはわたしの話に耳を傾けてくれる。言いたくないことを、無理に聞き出そうとしない人。

ほんとうは、どこかで気づいているのかもしれない。

幸生が彼の子どもだということに。

「奇遇だな。俺も話があるんだ。ま、寝起きで話すことでもないだろ？　今日はこんなに天気がいいしな」

振り向いた彼の手には、おにぎりが見えた。

「……お弁当？」

「ああ。幸生が遊園地に行ったことがないって言ってたからさ、本格的に寒くなる前に三人で行かないか？」

彼の話というのはそれだろうか。

「あの、気持ちはとっても嬉《うれ》しいです。でもこれ以上、有己さんに迷惑をかけるつもりは——」

「ばーか。迷惑だったら、朝から弁当なんか作るかよ」

怒っているふうではなく、ふざけた口調で彼が言う。

——遊園地、連れていったことがなかったな。

施設に暮らしていたころ、年に一度近隣にある古い遊園地に行く行事があった。楽しかったという記憶がないせいで、幸生を遊園地に連れていくことを考えもしなかった。

「妃月」

「は、はい」

ぼうっとしていたところに名前を呼ばれ、硬い声が出る。

「何も怖がらなくていい」

「え……？」

「おまえが構えるほど、世界は嫌なことだらけじゃない。もし気に入らないことがあったって、おまえには帰る場所がある」

その言葉を、どれほど嬉しいと感じるか、彼は知らない。

――あなたのところに帰る約束がもうできないのに、それでも優しくしてもらうと泣きたくなる。

「有己さんは、変わらないです。変わったところもあるけど、やっぱり変わらない」

「人間、そんな簡単に成長なんかできるかよ。こっちは幸生と違って、もうアラサーなんだからな」

胸の奥に、じんとあたたかな場所がある。

そこを優しく撫でるような有己が好きだ。

彼といると、自分のことも少し好きになれる気がした。

「遊園地、楽しみですね」

「ああ」

これが最後。

今日一日、家族ごっこをしたら終わりにしよう。

——だから、せめて今日は笑って過ごしたい。幸生にも、有己さんにも、幸せでいてもらいたいから。

§　§　§

「ママー、つぎはあっち！」

有己に肩車された幸生が、手袋を着けた小さな手でコーヒーカップを指差す。

土曜日の遊園地は、明るい音楽がそこかしこから響いてきて、ときに甘いチュロやクレープの香りが混ざる。

「コウちゃん、あれ、目がぐるぐる回るよ？　だいじょうぶ？」

「ぼくがまわすの。ぐるぐるしたい！」

いつにもなく無邪気《むじゃき》にはしゃぐ息子の姿に、妃月も自然と笑顔になった。

風邪をひかないように、と有己が幸生の服をどんどん買い足してくるせいで、間借りしている寝室のクローゼットはものであふれている。

――幸生だけじゃなく、わたしにもいっぱい買ってくれるからなあ。

もこもこに着込んだ幸生が、有己の肩の上で両手を振る。

「こら、両手離すのは危ないぞ」

「ゆーきパパ、ぎゅーっ」

注意されているのに、有己の頭に抱きつく息子は満面の笑みを見せていた。

長身の有己に肩車されても怖がらないなんて、幸生は度胸があるのかもしれない。

ふたりで暮らしていたころには、そういう面も見えていなかった。

――いけない。今日はしんみりしないで、楽しい一日にするって決めてるんだった！

「ママー」

「はーい」

少しあいた距離を、小走りで詰める。

軽くてあたたかなダウンコートのおかげで、寒さは感じない。

「妃月、あとで写真コーナー行こう。幸生も写真撮りたいよな」

「うん！」

「もう、わかった、わかりました。ふたりともしたいことがいっぱいだね」

コーヒーカップ、メリーゴーランド、子ども向けのジェットコースターにレールの上を走るゴーカート。

幸生の年齢と身長では乗れないアトラクションも多いのだが、幼児が楽しめる乗り物もたくさん準備されていて、一日遊んでも回りきれそうにない。

「あのね、ゆーきパパ、なつはプールもあるんだって」

「あー……、プールな、プール、うん」

そこだけ妙に反応が鈍《にぶ》い理由を、妃月は知っている。

——有己さん、あの入れ墨じゃプールは入場制限に引っかかりそう。

「なつになったら、ぼくもプールしたい！」

「く……っ、それは、要検討ってことで……」

「よーけんと？」

「幸生、大きいプールもいいけど、うちのルーフバルコニーにプール買ってやる。そうしたら、遊園地に来なくても毎日プールだ」

「まいにちプール！　ぼく、まいにちプールしたい」

苦しまぎれの返答に、思わず妃月は笑ってしまった。

なんでもできる有己だが、できないことだってある。

「こら、妃月はなんで笑ってるんだよ」

「だって、プールは入れませんもんね」

「わかってるなら、うまくごまかしてくれよ」

困り顔の彼が、愛しかった。

そういえば、有己は幸生に入れ墨を見せないよう気をつけて暮らしている。

――コウちゃんは、見たら喜びそうな気がするけど、さすがに「ゆーきパパのせなかにすごい絵があるの」なんて外で言われたら困るかな。

絵を描くのが好きな幸生のことだ。

自分も背中にお絵かきしたいなんて言い出しかねない。

「ママ、ゆうえんちたのしいねー」

片手を伸ばしてきた有己に、妃月も腕をあげてハイタッチする。

今日はずっと移動中肩車してもらっているのもあって、幸生はご機嫌だ。

「うん、楽しい。コウちゃん、遊園地に来られてよかったね。有己パパにありがとうしなきゃね」

「ゆーきパパ、ありがとう」

唐突に、有己が足を止めた。

「有己さん？」

「……幸生、聞いたか？」

「なにを？」

「今、ママが俺のこと有己パパって呼んだ」

——あっ！

「だ、だってコウちゃんもそう呼ぶし、つい……」

弁明しつつも顔が赤くなるのを感じて、妃月はうつむく。

「ゆーきパパは、ゆーきパパじゃないの？」

自分の態度に幸生が戸惑っていると知りながら、どう対処していいかわからなくなった。

うまくごまかしてくれだなんて、こちらのセリフだ。

——わたしが迂闊《うかつ》だったんだけど！

「有己パパだよ」

聞こえてきた彼の声は、顔を見なくても表情が見えるほど優しかった。

マフラーを巻いた首元まで、心音が反響する。

――どうしよう。どうしようもなく、有己さんが好き。

「幸生、そろそろ暗くなってきたから、最後に乗ろうって言ってた観覧車に行くか?」

「うんっ」

遊園地で、いちばん空に高いところまで近づけるアトラクション。

幸生の返事に、三人は今日の最後になる観覧車へと向かって歩き出した。


一周、約十二分。

高さは地上六十二メートルの観覧車に乗ると、最初ははしゃいでいた幸生が次第にこくりこくりと船を漕ぎはじめた。

妃月の膝の上で目を閉じる息子を見つめて、向かい合わせに座った有己が目を細める。

「……疲れたんだな」

「楽しかったから、いつもより元気をいっぱい使ったんだと思います」

「ああ、俺も楽しかったよ」

彼が、今日を心から満喫していたのが伝わってくる言葉だった。

「連れてきてくれて、ありがとうございます」

「それを言うなら、俺のほうが同行させてもらって感謝してる」

どちらからともなく、小さく笑い合う。

こんな日が、永遠に続けばいい。

だけどそれは、叶わぬ願いだと妃月は知っている。

「妃月」

彼の声を聞きながら、幸生に向けた目を静かに閉じる。

――この呼びかけに答えたら、決定的な返事をしなきゃいけなくなる。

予感がしていた。

名前を呼ばれるだけでわかるくらいに、有己の声には愛情が込められていたから。

「妃月」

もう一度、同じように有己が声をかけてきた。

「……はい」

顔を上げると、まっすぐに彼の目が妃月を射貫《いぬ》く。

今日は、度なしの眼鏡がないせいでふたりの間の壁が一枚足りない。

「俺は」

「有己さん」

彼の言葉を遮《さえぎ》るように、妃月も有己の名前を呼んだ。

「言わないで、ください」

「……どうして」

「わたし、返事ができないんです。有己さんがわたしに確認したいこと、どれもきっと答えられません。だから、今日は……」

強くなった、つもりだった。

五年前の何もできない自分を、乗り越えてきたと思いたかった。

——だけど、この人といるとわたしは昔に戻ってしまう。

にじむ涙をぐっとこらえて、妃月は奥歯を噛みしめる。

「何も言うなってことか」

わずかに嘆きの含まれたため息が、彼の唇からこぼれた。

ふたりの緊張感とはうらはらに、幸生が健やかな寝息を立てている。

膝に感じる重みが、妃月の唯一無二の現実だ。

「じゃあ、何も答えなくていい」

「え……」

「目を閉じていてくれれば、それでいいから」

夕陽が遠くの山に沈んでいく。

短い冬の夕暮れに、心までせつなく染められながら、妃月は唇を塞《ふさ》がれた。

「……っ……」

両腕で幸生を抱いているから、彼を押し返すことができない。

いや、息子を抱いていなくても、もしかしたら拒めなかったかもしれない。

重なる唇が、痛いくらいに敏感になっていた。

――どうして、キスするの？　どうして、どうして……？

その答えは、聞かずともわかっているのだ。

彼が、今も妃月を大切にしてくれていることくらい、考えずとも伝わってくる。

「ダメ、有己さ……」

「泣くほど俺が嫌か？　それとも、泣くほど好きか？」

きっと、彼も妃月の気持ちはお見通しなのだろう。

一度は離れた唇が、もう一度求めてくる。

今度は触れるだけではおさまらず、舌先がうごめくのを感じた。

「俺は、ずっとおまえのことが好きだ。何年経ってもこの気持ちは変わらなかった」

「わ、たしは……」

有己の優しさから逃げ出して、たったひとりで幸生を産んだ。

彼が自分のためにボロボロになるのを、もう見たくなかった。

自分が誰のことも幸せにできないと思い知らされるのが怖かったから、逃げたのだ。

離れてから妊娠に気づいて、そのときに戻ることだってできたのを知っている。

そうしなかったのは、妃月の最後の愛情だった。

「わたしは、あなたと一緒にはいられません……」

――言いたくなかった。だから、答えられないと言ったのに。

「それでも、俺はおまえと離れたくない」

「有己さん、お願い……」

「何をそんなに怖がる必要があるんだよ。なあ、妃月。俺はおまえを傷つけない。おまえを苦しめるものから、守りたいだけだ」

――知ってるよ。有己さんが愛情深くて優しい人だなんて、五年前からずっと知ってる。そういうあなたを好きになった。

だからお願い、と妃月は言う。

「悪い。答えなくていいって言っておいて、俺のほうが焦《あせ》ってるな」

「…………」

地上から六十二メートルも離れて。

空にどんなに近づいたところで、足に巻かれた鎖《くさり》がなくなるわけではない。

人は、地面に縛り付けられて生きるより道を持たない生き物だ。

——そして、わたしも。わたしを苦しめてきた人と同じに、誰かを傷つけて生きている。

好きな人ほど大切にしたいのに、距離が近いから傷つけてしまう。

——有己さんみたいに、優しい人になりたかった。

「だけど、妃月を困らせるとわかっていてもおまえが好きだ」

「空が、」

小さくつぶやくと、彼が寂しげに微笑む。

「空が、近いですね……」

「ああ」

日常へと、観覧車がゆっくり回っていく。

彼はそれ以上、何も言わなかった。

帰り道の車内でも、彼のマンションに到着したあとも、ふたりは沈黙を守る。

それが、一緒にいる時間を少しでも延長する方法だと知っているかのように——

§　§　§

「やだっ」

リビングの高い天井に、幸生の声が響く。

「ぼく、ゆーきパパとママとさんにんがいい。ここがぼくのおうちじゃないの?」

いつも聞き分けのいい子だと思っていた。

けれど、それは妃月とふたりで暮らすために幸生が無理をしているのだとも知っていた。

「コウちゃん、ここはコウちゃんのおうちじゃないよ。有己さんのおうち」

「だって、ゆーきパパはなかよくしようって」

「仲良くするのと、家族は別のことなの。幸生の家族は、ママだよね」

荷物は、もうまとめ終わっている。

楽しかった遊園地の翌日に、自宅へ帰ろうと言うのがどれほど酷なことか妃月だってわかっているのだ。

それでも、これ以上有己の部屋にいることはできない。

「ママのばか、やだ、やだっ」

「あっ、幸生！」

有己の使っている部屋のドアに、幸生が体当たりする勢いで走っていく。

「ゆーきパパといっしょがいい。ママはゆーきパパがきらいなの？」

「そんなことないよ」

――ママだって、有己さんのことが大好きだよ。

「じゃあ、いっしょでいい。みんないっしょ、なかよしがいいって先生いつもいってるよ。ぼく、ゆーきパパだいすきだから、いっしょがいい」

保育所の子どもたちのように、無邪気でいられたらよかった。

しがらみもなく、身分もなく、肩書きもなければ過去もない。

そうしたら、妃月も幸生のようにただ素直に「好き」と言えただろうか。

「ゆーきパパ！　ゆーきパパぁっ」

小さな拳《こぶし》がドアを懸命に叩《たた》く。

妃月は、その手を止められなかった。

「……コウちゃん」

――ごめんね。ママがコウちゃんを悲しくさせた。有己さんのことも、きっと。

廊下で泣く幸生の声が聞こえているはずなのに、有己が姿を現さないのが何よりの証拠だと妃月は思う。

けれど、唐突にドアが開いた。

「幸生、そんなに泣くなよ。俺も悲しくなるだろ?」

「ゆーきパパ」

涙声の幸生を片手で抱き上げて、有己が右手で何かを差し出してくる。

「ほら見ろ。ママも泣いてる。大事な人は泣かせちゃ駄目だ」

「だって、ママがー」

「よしよし。ほら、妃月。おまえも同じだ。幸生を泣かせると自分がつらいだろ」

差し出されたのは、一枚の紙。

「有己、さん」

「早く」

「無理だよ」

それは、婚姻届だった。

――そんなの、無理だ。

有己の腕の中で、幸生はまだしゃくり上げている。

「俺は無理だと思わない。妃月と幸生と家族になれるって信じてる。なあ、俺は変わっていないって言っただろう？」

震える指で、彼の手から婚姻届を受け取ると、そこにはすでに署名捺印が済ませてあった。

「幸生ごめんな。出てくるのが遅くなったのは、急いで書いてたからなんだ」

「い、いそいで、なにをかくの？　おえかき？」

「いや、そうだな。幸生のママと結婚するための書類だよ」

「ゆーきパパとママ、けっこんするの？」

「パパはしたいって思ってるよ」

涙で彼の字がにじんでいく。

これが有己の答え。

――わたしの不安を全部取り除いて、後ろめたい気持ちを拭《ぬぐ》うための方法？

どんなにあがいても変えられない過去を、彼はすべて受け入れようとしている。

だが、それが最善策なのは事実だ。

なぜか自宅アパートに帰っていないことを知っていた部長も、妃月を貶めるメールを送ってきた誰かも、正式に結婚したとなれば何も言えなくなるのだから。

「妃月」

廊下にしゃがみ込んでいる妃月と目線を合わせ、有己が膝をつく。

「妃月、俺と結婚しよう。俺と家族になろう」

「だ、って……」

「なあ、幸生。俺は幸生のパパになれるか?」

「うん! ゆーきパパは、ゆーきパパだよ」

まるで、あとは妃月の答えだけだと言いたげにふたりがこちらを見ていた。

「……ず、ずるい、有己さん」

「なんだよ、今さら。俺はずるくてもかまわない。妃月と一緒にいられるなら、いくらでもずるいことくらいする」

「子どもの前で、言い方考えてください!」

「たしかに、それは悪かった」

ぜんぜん、悪いなんて思っていない。

有己は幸せそうに笑うばかりだ。

「どうせ、余計なことで悩んでる。おまえはいつもそうだ。あのときだって、俺に直接確認しないで姿を消した」

「そ、それは、あの……」

「たのむから、俺にも一緒に背負わせてくれ。もうおまえを失うなんて耐えられない」

ポケットから取り出した小さな箱を、彼が片手で器用に開ける。

そこには、見覚えのある指輪がひとつ。

「これ……、あのときの……?」

「電話番号も手紙も指輪も、何ひとつ捨てられなかった。五年前も、おまえのことを探しまわった。まあ、見つけられなかったんだから情けないけどな」

「うん、見つからないところに逃げたんです」

「そのへんは、あとでゆっくり聞かせてくれ。今は、もっと違う答えが聞きたい、妃月」

いつだって、妃月の世界を変えるのは有己だった。

飛び越えられないと身構えたところに、彼の手が差し伸べられる。

無理なんてない。

そう言って、優しい声で笑う人。

「わたしは――」

妃月は、心を凝らして彼を見上げた。

五年分の想いを込めて、その答えを口にする。

§　§　§

「あら、有己。珍しいわね。かわいい子連れてるじゃないの」

小粋《こいき》に着物を着こなした、すらりと背の高い女性が声をかけてきた。

あれは五年前、新宿《しんじゅく》のデパートで買い物をしていたときのこと。

顔が小さくて、腰の位置が高い。

スタイルの良さと、少しかすれたハスキーなアルトの声が印象的な人だ。

「彩子《あやこ》か。なんでこんなところにいるんだよ」

有己は眉をひそめ、妃月をかばうように前に立つ。

「それはこっちのセリフ。新宿はあたしの庭ですもの」

くすくすと笑う声はどこか秘密めいている。

落ち着いた口調の、大人の女性だ。

「ずいぶん広い庭だな、おい」

「はじめまして、こんにちは。あなたは何ちゃんかしら?」

並ぶと有己と同じくらい長身の彼女は、ひょいと肩越しに妃月を覗《のぞ》き込んだ。

「あ、あの、向坂妃月です」

「妃月ちゃん、かわいらしいお名前。あたしは彩子。よろしくね」

アイラインのくっきり入った、鮮《あざ》やかな大人のメイク。高い頬骨に影を落とす、美しい睫《まつ》毛《げ》が印象的な人。

「ねえ、有己、どこでこんなかわいい子拾ってきたの?」

――棘《とげ》はないけど、もしかして有己さんと関係のある女性なのかな……

十九歳だった妃月には、彩子は到底立ち打ちできない女のプロに見える。

赤い唇も、同じ色のジェルネイルも、妃月がやったら似合わないのが想像に易い。

「どいつもこいつも、俺を人さらいみたいに言いやがって」

苦笑した有己に、彩子は「あら、違うわよ」と軽やかに笑った。

「人さらいから、さらわれた子を助けるほうでしょ? ねえ、妃月ちゃん」

「は、はい。そう思います」

「いいお返事」

蠱惑《こわく》的な唇が、色香を漂わせる。

もしこの人が有己の元彼女だったら、彼が自分に興味を持たないのも当然だ。

「妃月、先に言うけどこいつとはなんの関係もないからな」

「まあ！　そんな言い訳する有己、初めて見たわ」

「うるせえよ」

「心配しないでね、妃月ちゃん。あたし、高校の同級生なのよ。はい、これお名刺。今は歌舞伎町でお店をやってるの。お仕事に困ったらいつでも相談にいらっしゃいな」

差し出された名刺には、彩子の口紅と同じ色でクラブの名前が書かれている。

「あ、ありがとうございます」

「こら、もらうな、そんなもん」

「えっ……」

「彩子も、未成年相手にンなもんわたすんじゃねえよ」

「あら、妃月ちゃんったら未成年なの？　でも心配いらないわよ。健全なお店ですもの。十八歳からお仕事できるから」

「そういう意味じゃねえ」

ぐいと妃月を背中に隠し、有己が彩子を睨《にら》みつけた。

「……へえ、そんな顔するのね」

「は？」

「初めて見たわ。ねえ、妃月ちゃん、今度一緒にごはん食べましょうか。うん、そうしましょ。いいわね、有己」

有無を言わさず有己の言質をとり、彩子は「それじゃ、またね」と手を振って去っていった。

去り際まで艶冶《えんや》な背中に、十九歳の妃月はほのかな憧れを覚える。

「彩子さん、きれいでしたね」

「……ノーコメント」

「食事、楽しみです！」

「おまえは一……！」

何かを言いかけて、有己がため息ですべてをかき消す。

「元カノさんじゃ、ないんですよね」

「あるか！」

彩子との出会いは、妙な縁だった。

それから二週間後、三人の食事が実現したときも彩子は着物を着ていた。

§　§　§

——お、重い……！

年末、師走の郵便局で妃月はひとり、左右それぞれ五キロずつの贈答品用包装をしたお米を提げている。

妃月個人の用事ではなく、会社で丸岡部長——元部長に頼まれたものだ。

月初に臨時株主総会が招集され、二重丸不動産は社名の変更と会社役員の総入れ替えが行われた。

社名にはＡＫＩＮＡグループの名称が入り、社長は不動産グループＡＫＩＮＡから出向してきた菊月《きくづき》という三十代の男性になったのである。

社長は退任し、元部長である丸岡は営業三部の課長代理と降格人事が発表された。

ちなみに営業三部とは、今回新しく作られた部署であり、事業内容はほぼ雑用と噂されている。

丸岡は、それまでのセクハラや仕事面での判断ミスがかさみ、営業三部に飛ばされたのだ。

――なのに、今でも結局こうやって元部下を利用するんだよね。

妃月とて、自分の仕事があるから一度は断った。

丸岡の個人名が書かれたお歳暮を、妃月が仕事中に発送しなければいけない理由なんてひとつもないのだから。

だが、相変わらず上から目線の元部長に押し切られ、仕方なく昼休憩を使って郵便局まで来てしまった。

いい人ぶりたいわけではないが、降格人事のあとも同じ会社で働かなくてはいけない丸岡の気持ちを考えると完全拒絶も心苦しい。

――部長……じゃなくて元部長だって、ご家族がいて仕事を辞めるわけにはいかないんだ。

ちなみに映美と妃月は営業二部在籍のままで、丸岡は主にそのふたりをターゲティングして余計な仕事をさせようとしてくる。

古巣の女性部下なら、比較的頼みやすいと思っているのだろう。

たいてい映美はうまく断って、妃月が引き受けることになる。そこは、自分の至らなさだ。

「次の方、こちらの窓口にどうぞ」

ちょうどお歳暮のシーズンなこともあり、昼過ぎの郵便局は混雑していた。

――そろそろ腕がちぎれる……！

「妃月ちゃん？」

不意に、名前を呼ばれて妃月は顔を上げた。

やはり長蛇の列ができているATMに並んで、こちらを見て驚いた顔をしているのは――

「彩子さん、ご無沙汰《ぶさた》して――あっ」

「あら」

ちぎれたのは腕ではなく、紙袋の持ち手だ。

重い荷物なら、せめて紙袋を二重にするくらいの配慮がほしいところだったが、元部長にそんな概念があるはずもなく、左手に提げていた贈答品が床に落ちる。

「あ、すみません。ごめんなさい」

ちょうど出ていこうとする人たちの妨《さまた》げになり、慌てて紙袋ごと荷物を抱きかかえた。

うんざりするほど重い。

これが愛しい息子なら、まだがんばれる。

「妃月ちゃん、こっち終わったら行くわね」

「あ、え、はい」

彩子のいる列が進んで、彼女と距離が広がった。

それから十分後、無事に発送手続きを終えて妃月は懐かしい相手とあらためて挨拶《あいさつ》をかわす。

「驚いたわ。妃月ちゃん、もう五年ぶりかしら」

「はい。その節は――もしかしたら彩子さんにもご迷惑をおかけしたでしょうか……」

行方をくらませた妃月を、有己は必死になって探したと言っていた。

当時、有己の知り合いだった彩子なら、愚痴《ぐち》のひとつも聞いていたかもしれない。

「そうね。迷惑ではなかったけれど、有己はずいぶん落ち込んでいたわ」

五年ぶりに会う彩子は、着物ではなくオフホワイトのコートをまとっている。

「ねえ、妃月ちゃん、今は幸せかしら?」

あのころと変わらない強めのアイライン。

妃月は気恥ずかしさに左手の薬指をそっと撫《な》でる。

そこには、五年前に一度置いてきた指輪が静かにおさまっていた。

二度目のプロポーズ。

日取りはまだ決めていないが、ふたりの――いや、幸生を含めて三人の気持ちは固まっている。

その仕草《しぐさ》だけで彩子には伝わったようだったが、有己の知り合いだからこそきちんと言わなければと思った。

「幸せです。有己さんと、もう一度会えたからもっと幸せになれました」

「まあ……」

さすがにそこまでは予想していなかったらしく、彩子が一瞬言葉を失った。

「え？　そう、そういうことなのね？　よかった、なんだか自分のことのように嬉しいわ」

そう言って少しかすれた声で笑う彩子に妃月は小さくうなずく。

「せっかくだからお話したいけれど、妃月ちゃんはお仕事中？」

「はい。お昼休憩なので、あと三十分くらいなら」

「ふふ、向こうにいいお店があるの。軽食もとれるカフェよ」

§　§　§

ふたりで暮らした最後の一カ月は、蜜月であると同時に有己がひどく疲弊《ひへい》していた時期でもある。

七月、彼はいつも生傷が絶えなかった。

喧嘩っ早い高木《たかぎ》も、一緒になって怪我をしては自宅に転がり込んでくる。

「どうしてこんなにいつも怪我ばかりしているんですか?」

その日も、朝起きるとボロボロになった有己が同じベッドで寝ていた。

「組、辞めるって言っただろ。それでちょっとな」

妃月には、極道の世界のことはわからない。

昔はけじめをつけるために、指を切り落とすこともあったというけれど、現代でもそういう風習は残っているのだろうか。

「……心配です」

「ああ、俺も心配だ。せっかく俺の女にしたのに、あれから一度も抱けてない」

「そういうことじゃなくて!」

「痛《い》ってえ! おまえ、消毒液かけすぎだろ!?」

傷口にたっぷりと消毒液をお見舞いし、こぼれた液体をティッシュペーパーで拭う。

——組を抜けるのは、そんなに大変なの？

そのひと言が、なかなか言えない。

彼が、妃月と結婚するためにカタギになろうとしてくれているのがわかっているからだ。

——だけど、それだけじゃない気がする。

これまで穏やかだった日常が、急に変わった。

有己が足を洗おうと決めてからの変化なので、組を抜けるために必要な通過儀礼だと言われればそうなのかもしれないとも思うのだが、わずかな違和感がある。

「有己さん」

「……ん」

「急いでいるせいで、こういう制裁があるんですか？」

「あー、まあ、それもあるかもしれねえな」

「じゃあ、それだけじゃないんですか？」

「上のほうにも、いろいろ事情があるんだろ」

どことなく、会話の掴《つか》みどころがない。

反社会的勢力から抜けるのはいいことだ。

だが、その前に彼が致命的な怪我をしてしまうのではないかと思うと、怖くて仕方なくなる。

「そんな顔すんな」

「させてるのは、有己さんです」

「言うねえ。でも、俺はおまえがどんなにふてくされてても好きだから安心しろよ」

「っっ……」

結局、何もわからないまま。

ときに二日、三日と帰ってこない日があったり、刃物で切りつけられたとしか思えない傷を負ったり、有己はほんとうにボロボロになっていった。

このままでは、死んでしまうかもしれない。

彼の仕事について何も教えてもらえない妃月は、荷物を取りに来た高木と蜂屋《はちや》に「教えてください！」と頭を下げた。

「……オレらも、勝手なことというとまずいんすけど」

渋々口を開いたのは高木だ。

「もともと本家のほうで動きがあって、ちょっとそっちの幹部の関口《せきぐち》さんっつー偉《えら》い人がいるんすね」

関口。

その名前は、以前にも有己から聞いたことがある。

――たしか、前に有己さんがお嬢さんの用心棒をしていたんだったっけ。

「秋名さんのオヤジさんと友人だったらしくて、オヤジさんが亡くなったあと、本家のほうに秋名さんを引っ張ろうとして、そのー、なんつーかお嬢さんと結婚させようと……」

「結子《ゆいこ》さん」

それまで黙っていた蜂屋が、急に声を発した。

「結子、さん……」

「あー、そう。結子さんってのが関口さんのお嬢さんで、その結子さんは秋名さんと結婚する気でいたんすよ」

彼らの話をまとめると、有己は足抜けしようとしているせいだけではなく、彼を高く評価してくれていた幹部から睨まれているということだ。

本家――おそらく、親会社のようなものだろうか。

その本家の若い衆が、有己の気持ちを変えさせようと制裁を与えているのだという。

「……どうしたら、その、こんな状況が終わるんですか？」

妃月の問いかけに、答えはない。

高木も蜂屋も、こういう状況には心当たりがないのだろう。

「いずれ落ち着くって秋名さんは言ってたんで、妃月さんは待ってるだけでいいんだと思います」

何も、できない。

彼が怪我を負って帰ってくるのを待つだけの日々。

高木と蜂屋に礼を言ったものの、妃月は自分にできることを懸命に考えた。

――わたしが、有己さんの世界を知らないのが問題なら勉強する。結婚しようとするからカタギになる必要があるのなら、戸籍なんてどうでもいい。そばにいられればそれでいい。

かたちよりも、心が大事だと妃月は思う。

社会のはみ出しものという点では、自分だって同じようなものだ。

いつだって、人は目に見えるものだけではなく背景まで加味して評価をしようとする。

――有己さんだけが、違った。

妃月がその想いを告げる決心をした日。

夕方に有己が出かけた直後、マンションのインターフォンが鳴った。

「……はい」

『向坂妃月さんでしょうか？』

突然聞こえてきた女性の声に、妃月は返事ができなくなる。

この部屋の契約名義は有己のはずだし、今まで妃月を尋ねてきた人はひとりもいない。

数少ない知人にも、ここの住所は教えていなかった。

『急に申し訳ありません。関口結子と申します。秋名さんのことで、少しお話をさせていただけませんか？』

「は、はい」

声が震えるのが自分でもわかる。

関口結子というのは、つい先日聞いたばかりの名前だ。

――この人が、有己さんと結婚する予定だった人……

玄関ドアを開けると、妃月より少し年上らしい女性が立っていた。

長い黒髪に切れ長の目をした、秘めた強さを感じさせる人物である。

「はじめまして、向坂さん」

「は……じめまして、あの……」

「驚かせてしまいましたね。わたしの名前はどこかからお聞きでしょうか？」

高木が、結子のことを『お嬢さん』と呼んでいた理由がわかった気がする。

反社会的勢力幹部の娘というよりも、旧家の令嬢といった佇《たたず》まいがあるのだ。

何も言えず、黙ってうなずいた妃月に結子がかすかに微笑みかけてくる。

敵意がないことを伝えてくれる表情だが、妃月の心臓は痛いほどに早鐘を打っていた。

不安だけが、胸を満たしていく。

――何も問題がなければ、こうしてこの人がわたしに会いに来るはずがない。だったら、彼女の真意は……？

玄関先で立ち話をさせるわけにはいかないが、自分の家ではない場所に勝手に客人を上げるのも悩ましい。

そんな妃月の気持ちを察してか、結子は、

「よろしければ、外に車を停めていますので、そちらでお話をいかがでしょう」

と声をかけてくれる。

相手が女性だからといって、よく知らない相手の車に乗るのが怖くないわけではないが、ほかに方法も考えつかず、妃月は結子についていくことにした。

古いマンションの前に停まっていたのは、いかにもな外見の黒い高級車。

後部座席にうながされ、結子とふたり並んで座る。

「橋崎《はしざき》、このあたりを走らせてください」

「かしこまりました、お嬢さま」

壮年の運転手が返事をするのを確認してから、結子が「シートベルトを」と静かな声で告げた。

走り出した車の中、話をしようと言ったはずの結子は黙している。

自分の心臓の音ばかりが耳を打ち、妃月はいたたまれない気持ちになった。

想像すればするほど、悪い方向に考えてしまうのだ。

――いつだって、そうだったから。

まだ世界を知らなかった幼いころ。

妃月は、マンションのベランダの向こうに思いを馳《は》せた。

閉ざされた部屋の外へ出れば、母と仲良くなれるのではないか。この部屋の外にはすばらしい何かがあるのではないか。

そんな希望は、どこにもなかった。

美容師専門へ行くために、工場でお金を貯めようとした結果はどうだったか。

無実の罪で謝罪をし、追い出されるように仕事を辞めた。

「向坂さんには、今回のことを非常に申し訳なく思っています」

「いえ、わたしは……」

「わたしの父は、秋名さんのお父さまと若いころからよい好敵手だったと申していました。古い時代の、今とは違う仁義を求めた極道の同志だったのでしょう」

彼女の声は、妃月の心を上滑りする。

不安で満ちてしまったところに、外からの声は届かない。

「それもあって、わたしが学生のころには秋名さんに用心棒なんて仰々《ぎょうぎょう》しい仕事を頼んでいたこともあります。父としては、古い友人の息子と自分の娘が結婚するという夢物語だった。それだけのことなんです」

呼吸を整えて、結子が言葉を続ける。

「秋名さんが向坂さんとご結婚の意思をお持ちだということは聞き及んでいます。わたしの目に映る秋名さんは、誰にも心を開くことのない方に思えましたので、添い遂げたいと思える方と出会えたのはたいそうおめでたいことだと」

「……あ、あの、わたし」

結婚という言葉を、たしかに有己は口にした。

左手の薬指には指輪も光っている。

「わたしは、結婚はしなくてもいいんです」

「……なぜ？」

それまで正面を見ていた結子が、さも驚いたという様子でこちらに目を向ける。

「有己さんがあんなふうに怪我をして帰ってくるくらいなら、結婚なんてしなくていいんです。そばにいられるだけで」

「向坂さんは、優しい方なんですね」

——違う。わたしは弱いだけ。逃げるほうが簡単だと知っているだけ。

「お考えのとおり、秋名さんの結婚について問題視する者もいるようです。けれど、それよりも彼が組を抜けようとしているほうが大きな問題になっています。なにせ、彼は幹部候補として育てられていましたから、内部事情を知りすぎているんです」

「え……？」

「向坂さん、わたしから申しあげられることはたったひとつです。秋名さんと、ふたりで逃げてください」

「あ、あの、関口さん、頭を上げてください」

「いいえ、これはわたしにも非のあること。父が一方的に秋名さんに期待をかけ、本家に招集しようとし、わたしとの結婚を絵に描いたせいで起こった問題です。向坂さんにも秋名さんにも、父のせいでご迷惑をおかけしてしまいました」

この人は、有己との結婚を望んでいるのだと思っていた。

けれど、そんな単純な話ではない。

——ああ、そうだ。有己さんの幸せを願っているんだ。

「……どうしたら、有己さんは関口さんのお父さんに許してもらえるんでしょう」

「それは」

「組を抜けようとしているのが問題だと言いましたが、わたしの存在が関口さんのお父さんの気分を害しているということもあるんですよね?」

返事はない。

それが、返事だからだ。

「もし、結婚の話がなければ有己さんは、組を抜けられますか?」

「はっきりお答えできません。わたしにもわからないのです」

「わたしがいなければ——」

最初から、自分はいてもいなくても影響のない存在だった。

彼は去る者は追わず来る者は拒《こば》まず、目の前で弱っている相手を放っておけないだけ。

――あの日、有己さんと出会わなければ。

「わたしがいなければ、有己さんは足を洗おうとしなかったかもしれませんよね」

「向坂さん、わたしが申しているのはそういうことではありません。おふたりで、この土地を離れることを考えてはと」

有己なら、とうにそんなことは考えているはずだ。

そうしないのは、彼にはそうできない事情があるからだろう。

世の常識でいえば、反社会的勢力は悪だ。

彼がわかっていて今の生き方を選んでいるのには、彼なりの理由があるのだ。

カタギの世界に戻ることが正しいとしても、そうする過程で命まで失われてしまったら――

「もし、関口さんがわたしに、有己さんと別れるようにと言う方だったら、きっとわたしは反発していたと思います」

「向坂さん」

「でも、違いますよね。関口さんは有己さんを心配してる。――その、頬」

妃月の言葉に、結子がハッとした様子で左頬を手で隠した。

化粧でごまかしてはいるけれど、薄く紫色のあざになっているのが見える。

――きっと、お父さんに意見を言ってくれたんだ。

「これは、どうぞ気になさらないで。父は短気なところがあるんです」

「わたしだけが、知らなかったんです。自分のせいで皆さんの場を乱していること、気づいていなかったんです」

静かに、妃月は深呼吸をする。

結婚しようと言われたときに、うなずけなかった。

彼と一緒にいたい。彼を心から愛している。

それでも、返事ができなかった。

「教えてくれてありがとうございました。今日のこと、有己さんには言わないでください。わたしも言いません」

「……ほんとうに、それでよろしいんですか？」

「はい。有己さんが幸せなほうがいいんです」

それだけが、今の妃月の願いだ。

運命の恋なんて存在しない。ただの偶然を繰り返して、人は運命だと思いたがる。

——それでも、奇跡だったと思う。思いたい。

車は、もとのマンションの前へ戻ってきていた。

「関口さんが教えてくださらなくても、きっと同じ道にたどりついたと思うんです。だから、気にしないでください」

「あなたは、強いですね」

結子はそう言って、妃月の手をつかむ。

一瞬、ぎゅっと握ってすぐに彼女の手は離れた。

残されたのは、小さな紙片《しへん》。

「強くなりたいです。ぜんぜん、強くないから」

自分の弱さが歯がゆかった。

また逃げるんだ、と心のどこかで声が聞こえる。

——違う。逃げるけど、逃げるのがラクだからそうするわけじゃない。

「さようなら、関口さん」

「……お気をつけて」

車を降りて、一礼する。

走って帰って、ベッドに突っ伏して泣いてしまいたい。

けれど、それで許される何かではないことを知っている。

泣いても何も変わらないから。


妃月を見送った結子が、運転手に「橋崎」と呼びかける。

「わたしは、間違っていたのかもしれません」

「どういうことでしょうか」

「いつか秋名さんに恨まれて、刺されるのはわたしのほうかもしれないということです」

『有己さんへ
今まで、そばにいてくれてありがとうございました。
生きているのがいちばん苦しかったときに、あなたに恋をしました。
もう、ここには戻りません。
どうか幸せになってください。
わたしのことは忘れてください。
思い出をたくさんありがとうございました。
妃月』

残したのは、指輪と短い手紙一通。

もともと、妃月の持っていたものは少ない。荷物をまとめるのは、驚くほど簡単だった。

彼がどう生きるかは、彼が決めることだ。

組に残るも、結子と結婚するも、彼の自由でしかない。

だから、余計なことは書かなかった。

これはただの別れの挨拶。

——幸せになって。誰より幸せになって、有己さん。

もう一度、顔を見たい気持ちは押し殺す。

顔を見たら、離れたくないと思うのは自明《じめい》の理《り》だ。

——だって、わたしはどうしようもなく有己さんのことが好きだから。大好きだから、もうそばにいられない。

その夜のうちに、有己のマンションを去った。

そして、それから二カ月後。

妃月は、自分が彼の子どもを身ごもっていることを知る——

§　§　§

「バカだったなって思うんです」

カフェの一角で、妃月はロコモコプレートを前に小さな声で言った。

誰にも明かしたことのない、懺悔《ざんげ》にも似た気持ち。

彩子を前にして、初めてそれを言葉にした。

「わたしには、自分の気持ちしか見えていませんでした。それまで失敗が続いていたから、何か問題が起こると自分のせいだと勝手に思い込んでいたんです。その上、五年も過ぎるまでずっと、自分は正しい選択をしたと思って生きてきました」

「うーん、そうねえ」

フォークを手に、彩子がにっこりと笑う。

「でも、若いってそういうことだと思うわ。あのころ、妃月ちゃんはまだ十九、二十歳でしょう？」

彼女は、サラダのプチトマトをさくりとフォークで刺す。

「ましてや初恋なんて、思い込み以外の何があるのかしら」

「え、でも……」

――わたし、思い込みで一方的に自分勝手に別れた挙げ句、彼の子どもを産んだんですよ!?

さすがにそこまでは言えない。

「そういうものなんですかね」

「あら、有己を見ていてわからない？」

――有己さんを？

「三十過ぎたって、恋愛なんて思い込みと自己満足の繰り返しでしかないの。特に男はね？」

「なんか、彩子さんに言われるとつい納得しちゃいます」

「やだ、やめてちょうだい。年の功みたいに聞こえるわ」

「そんな意味じゃありません。百戦錬磨？」

「どっちにしてもいやよぉ」

くすくす笑う彼女は、小さなひと口を何度も噛んで食べる。

こういうところが大人の女性だと思う。

大口を開ける彩子は想像できなかった。

「妃月ちゃんだって、今二十五歳？」

「はい」

「そのくらいで恋愛卒業しようなんて甘い甘い。まだこの先も、思い込みで突っ走ることになるかもしれないわよ」

――できれば、それは避《さ》けたい。

彼のプロポーズを受けたばかりで、また同じ失敗を繰り返したら自分が嫌いになりそうだ。

そう思って、今さら気づく。

もともと妃月は自分のことなんて嫌いだった。

だから、自分がそばにいるせいで有己に迷惑をかけていると思い込んだ。

「彩子さんは、今も同じお店でママをやってるんですか？」

「うふふ、有己から聞いてないのね。あたしね、今は自分のお店を持ってるの。雇われママは卒業したわ」

「え、すごい！」

「ありがとう」

「わたし、五年前も今も彩子さんって憧れの女性なんです」

「……うん？」

なぜか、彩子が怪訝《けげん》な表情を浮かべる。

「あの、食事の仕方もそうですし、歩き方とか話し方とか、落ち着いて大人の女性らしくて……」

「ああ……」

長い指をこめかみに当て、彼女は目を伏せた。

「そう、そういうことなのね。わかったわ。たぶん、妃月ちゃんだけのせいじゃないわよ」

「？　何がでしょう……？」

「有己はもともとそういうところがあったけど。過保護なのか、余計なことを言わないだけなのか、気遣いなのか」

――あれ、話が見えない。

ふたりが古い付き合いだということは聞いている。

妃月には想像できない何かが、今の会話だけで彩子にはわかったということだろうか。

「思い込みは、思い込ませる相手がいるから起こる現象だと言っておこうかしら」

「そ、そう……ですかね……？」

「だって、ストーカーでもないかぎり、自分に気持ちを向けてくれない人をずっと好きでいるって難しいもの。恋が思い込みなら、相手が思い込ませている可能性もあるじゃない？」

そう言われてしまうと元も子もない。

離れている間も、五年間ずっとひそかに有己を思っていた自分にはストーカーの気質がある。

「うん。妃月ちゃんは今のままでいてね」

「大人になれないって言われている気持ちです……」

「バカね。大人になったって、恋は難しいものよ」

何かを悟った微笑みで、彩子が水のグラスを持ち上げた。

ふたりは、連絡先を交換して別れる。

五年前にはなかった新しい関係が、ここでできあがるのを感じた。

——帰ったら、有己さんにも話そう。彩子さんと会ったこと。

彩子の口ぶりからすると、彼は今もまだ彼女と連絡をとっているようだ。

——そういえば、ふたりは結局どういう知り合いなんだろう。ヤクザのときに、彩子さんのお店ともつきあいがあったのかな。

「あっ、時間！」

妃月は、急いで会社へ戻る。

彩子のような優雅な歩き方は、なかなか身につきそうにない。

昼休憩から帰った妃月は、また十通ほどの悪質なメールが届いているのを確認した。

ここ数日、仕事のメールより多く届く。

――何が目的で送ってきているんだろう。

フォルダに移動しようとした、そのとき。

『自社情報を餌に成金社長を手玉に取る悪女』

『不動産グループＡＫＩＮＡ社長と男好きシンママ向坂妃月の淫《みだ》らな関係』

これまでとは違う件名が目についた。

――有己さんと、わたしのこと……？

あやしいメールが届くようになってから、有己にも相談をした。

彼が社内サーバーで確認するよう依頼してくれた結果、メールの送信元も同じ社内からだということもわかっている。

――誰か、この会社の人がわたしたちのことを知っている……

首筋に怖気が這い上がってくる感覚に、マウスを握る指が震えている。
けれど、もう彼と離れようとは思わない。
たとえこの仕事を辞めることになっても、妃月の心は決まっていた。

そして、翌朝。
営業部全体宛に、妃月を誹謗《ひぼう》中傷するメールが届いた。

第四章
三人の結婚式

「あ、ほら、あの人でしょ」

「シンママだって聞いてたけど、相手誰かわかんないって……」

事実とまったく異なるからといって傷つかない理由にはならない。

逆に、その嘘《うそ》を信じるのかと絶望することになる。

営業部の社員たちに届いた陰湿な中傷メールは、すぐに問題として削除するよう連絡が行き届いた。

だが、いったい何人の社員が読まずに削除してくれたのだろう。

悲しいことに、この手の事態に慣れている自分がいる。そして、慣れていてもまた傷つく自分がいると気づく。

AKINAの連結子会社となった二重丸《にじゅうまる》不動産のいち社員が、親会社の社長と同棲しているとなれば噂《うわさ》になるのは避《さ》けられない。

ひとつの事実と、数え切れない嘘。

ふたりがかつて恋人だったことなど、どこにも書かれてはいなかった。

当然、妃月《ひづき》の息子が有己《ゆうき》の子だなんて知るものはいない。

「妃月、会社休んでもいいんじゃないか」

心配した有己にそう言われたが、工場で働いていたときとは状況が違っている。妃月には扶養する家族がいて、逃げるだけでは何も解決しないことを知っていた。

――仕事しよう。集中していれば、余計な声は聞こえない。

書類の修正作業をしていると、向かいの席に座る映美《えみ》と目があった。

次の瞬間、彼女はさっと視線をそらす。

あまり親しくない誰かの陰口より、仲良くしていた人の拒絶は強く心を抉《えぐ》る。

心を無にすることができればいいのに、と妃月は思った。

「向坂《さきさか》さん、ちょっと」

今はあまり聞きたくない声がすぐうしろから聞こえてくる。

「はい」

元部長相手に、以前と同じ対応をする必要はないとばかりに、妃月は椅子《いす》から立ち上がることもせず声だけで返事をした。

「ずいぶん噂になっているようだけど」

「そうですね」

こういうふうに、直接的に言ってくる相手なら遮断が簡単だ。

「私の忠告を聞いていれば、こんなことにはならなかっただろうに残念だよ」

――くだらない。

「くだらない」

心の声は、そのまま口からこぼれていく。

「なっ、なんだ、その態度は」

激昂した元部長に背を向けたままで、妃月はキーボードを叩《たた》いた。

「くだらないから、くだらないと申しあげました。勤務時間内に話す必要は感じません」

「っっ……、ついに本性を現したな」

――そっくりそのまま、お返ししたいほどのお言葉ですね。

「おい、無視とはいい度胸じゃないか！　おまえのせいで俺たちはＡＫＩＮＡグループの餌食《えじき》になったんだぞ！」

確証のない情報をもとに相手を弾劾することが、いかに無駄《むだ》かもわからないのなら、この男が早々に部長職を追われたことは社にとって利益でしかないだろう。

修正中だったファイルを上書き保存し、妃月は席を立つ。

「な、なんだ、言いたいことでも――」

「ありません」

ただ、仕事の邪魔をされるのを避けただけだ。

資料室に行って、データ整理をするほうがよほどマシなほどに。

廊下を歩いていると、そのまま帰ってしまいたい気持ちになったが、ますます評判を落とす必要もあるまい。

妃月は資料室で近年の入札価格のまとめデータを作成し、クラウドに保存してから自席に戻った。

一時間も席を外していたおかげで、丸岡《まるおか》は営業三部に戻ったらしい。

「向坂さん、お昼行きましょう」

まだ十二時には少し早かったが、映美が声をかけてくれる。

「ありがとうございます。まだ午前の作業が終わっていないので、今日は遠慮させてください」

「……そうですか。わかりました」

強くなりたい。

人生で、自分に求めたことの多くがその言葉に集約される。

妃月は強くなりたかった。

けれど、なりたいと思っている時点で理想とかけ離れた場所に自分がいることを実感する。

ほんの数日で食事が喉を通らなくなり、胃痛と頭痛にメンタルが弱っていく。

なりたい自分は、まだ遠い。

§　§　§

十二月も半ばになると、気温は一気に下がる。

有己はコートのポケットから手袋を取り出すと、にぎやかな街を歩く。

こんなふうに、自分の足で歩いて何かを探す買い物は久しぶりだ。

今や、ほしいものの大半はネットで購入できる。

特に日用品の類《たぐい》はいちいち店頭に出向いて買うことが少なくなった。

スーツやワイシャツは決まった店に車で出向けばいい。

家具にはこだわりがないので、内装デザインの専門家にサイズと置き場所を伝えれば自宅まで届けてもらえる。

そんな彼がわざわざ出向いているのは、妃月と約束をしているからだ。

今日は、幸生《こうせい》のクリスマスプレゼントを買いに行く。

そのために、シッターを頼んである。

——妃月とは最初から一緒に住んでいたから、待ち合わせをしたことがあまりなかったな。

今週に入って、彼女は仕事を休んでいる。正しくは休ませている。

——さっさとカタをつけてやりたいが、ここまでやられたからには責任持ってかたきを討つ必要がある。

愛する女を誹謗《ひぼう》中傷されて簡単に許すほど、有己は広い心なんて持ち合わせていないのだ。

落ち込んだ妃月は、賃貸のアパートを解約すると言い出した。

以前の彼女だったら、有己と離れることも視野に入れただろう。

その点では、五年前とは状況が異なる。

彼女の考え方も変わっているのならいいのだが——

「有己さん」

待ち合わせの像のそばに立つ妃月が、大きすぎない声で名前を呼ぶ。

「遅くなった。悪い」

「ううん、時間どおりですよ」

有己が買ったコートを着る彼女は、たしかに五年前とは違う。

思い出は、いつも夏だ。

妃月の薄い肩、細い足首、白いうなじばかりを五年間思い出してきた。

「不思議だな」

「何がですか？」

「おまえが冬物を着ていると、時間が経ったことを思い知らされる」

「……わたしだって、冬は冬物を着ます」

「わかってるよ」

小さく笑うと、妃月が不満げにじろりとこちらを見上げる。

「有己さんのほうが、見た目なら変わりました」

「当然だ。あのころのままじゃ、まともな社会人なんてやれないだろ」

「眼鏡《めがね》だって」

「あったほうが安心する」

「髪も、服も、持ち物も」

「……それは、昔のほうが好きだという意味か？　妃月の好みだというなら考えるが」

細い腰に腕をまわすと、彼女が力なく首を横に振った。

――まだ、気持ちは切り替えられないか。

会社でのダメージを引きずる妃月に、わざわざ外出を持ちかけたのだ。

少しでも楽しく過ごしてもらいたい。

そうは思えど、繊細なところのある彼女が何もなかったように楽しめないだろうことをもわかっていた。

「妃月？」

「考えたんだけど――」

首筋がゾクリと冷たくなる。

マフラーを巻いてくればよかった。

「何を、考えたんだ」

「昔のほうが好きかって、さっき聞いたじゃないですか。それの答えを考えてたんです」

「ああ、なるほど」

わかりやすいほど、彼女の言葉に翻弄《ほんろう》されている自分がいた。

――俺をこんなに動揺させるのはおまえだけだよ、ほんとうに。

「どっちも、同じです」

それはそれで、眉根を寄せる返答だ。

「愛されている感じがしない答えをありがとう」

「えっ、な、なんでですか。わたしは、どっちの有己さんも……」

好きってことですよ、と彼女が困り顔で言う。

――ここが人混みじゃなかったら、今すぐキスした。

そんなことを思うのだから、精神的な成長はあまり見受けられない。

こと妃月に関して、有己の理性は常に限界まで我慢を強いられている。

五年前は彼女が成人するまで手を出さないと決め、今は同じ部屋で暮らしながら一度も抱いていないのだ。

「おまえは、俺を煽《あお》るのが得意なのか」

「ヘンなこと言ってないで、買い物にいきましょう」

「仰《おお》せのままに」

クリスマスの飾り付けをした街並みに、ふと記憶にない懐かしさを覚えた。

覚えていないだけで、幼いころには母がクリスマスらしいことをしてくれたのかもしれない。

「妃月は、クリスマスに何が食べたいんだ？」

「なんですか、急に。うーん、食べたいもの……なんだろう……」

彼女から聞いている生い立ちから察するに、妃月の母親はクリスマスだからといって特別なことはしてくれなかったのではないだろうか。

その後は児童養護施設で暮らしていたと聞いている。

施設では、母とふたりでいたときよりも人間らしい生活をしていたと思いたい。

「あっ」

「ん？」

「実は、ひとつだけ憧れてるものがあります」

「なんだ？　七面鳥か？　クリスマスケーキか？」

「そんなすごいものじゃないんですけど、骨付きの鶏肉の……」

チキンレッグのローストか、と思いきや――

「チューリップになった唐揚げを食べてみたいです」

「あー……、うん、俺はおまえの安上がりなところも好きだ。心配いらない」

「ま、待ってください。どうして残念そうに微笑《ほほえ》むんです？　わたし、食べてみたいものを言っただけなのに」

幸生といるときは母親の顔をする彼女が、有己の前では五年前と変わらない少女のようにくるくると表情を変える。

それが愛しかった。

きっと、何歳になっても有己にとって妃月は虹色の輝きを持つ存在だ。

「そういう有己さんは、チューリップの唐揚げ作ったことありますか？」

「おまえな、弟と妹の面倒を見てきたんだぞ？　もちろん頼まれて作ってやったよ」

「……おにいちゃん」

「なんだ？　そういうプレイが好きならつきあうぞ」

「っちょ、外でなんてこと言うんですかっ」

——少しは元気になったか。

丸い頭をぽんと撫《な》でると、恥ずかしそうに微笑む彼女が愛しかった。

「なあ」

目だけで返事をして、妃月が言葉の続きを待っている。

「妃月は、これ以上ストレスを抱えてもいいことはないんじゃないか？」

「わたし、そんなにやばそうに見えるんですね」

「いや。まだたぶん余裕はある。でもな、腹八分目って言うだろ。ストレスだって、自分の限界近くまで抱えたら食べ過ぎたときと同じでもとの調子に戻すのに時間がかかる」

今の自分なら、金銭的な不安を感じさせずに暮らしていける状況だと、妃月は気づいていないのか。あるいは結婚しても自分で稼がなくてはいけないと考えているのか。

「簡単に言うと、俺はおまえが働かないで家にいてくれたら嬉《うれ》しい。好きな仕事をしている姿を見るのも嬉しい。どちらでも好きにしろ。ただ、きついときは無理せずに相談してほしいんだよ」

「……っ、それ、は」

妃月の目が泳ぐ。

——お互いさまなのはわかってるけど、俺らに足りないのは報連相《ほうれんそう》だ。

「つらそうな姿を見るのもラクじゃないって、妃月なら知ってるよな?」

五年前、彼女が姿を消した理由。

——俺が、問題に対処しきれないのを見て、自分がいなければいいと思った。そうだろう?

「俺だって同じだよ。好きな女が悩んでるのを見守るのは胸が痛い。思わず、出張っていって一方的にすべてを解決したくなる」

「あの」

「ん？」

「さすがにそれは、一方的すぎるのでは」

「一方的に俺を捨てていった女に言われると、真実味の増す言葉だな？」

にっこり笑って見せると、妃月がバツの悪い顔をする。

「ああ。俺と離れるしかないと思うほど、俺のことを好きだったんだから仕方ないな」

「っっ……、有己さんっ！」

「お、あったぞ。あれだろ、幸生がほしがってたの」

狙いの商品を見つけて、有己は指をさした。

「この季節でも売ってるんですね。よかった、幸生をがっかりさせなくてすみます！」

――今泣いた烏がもう笑う、か。妃月も似たようなもんだよな。

くるくると表情の変わる彼女の魅力を堪能しつつ、有己はクリスマス商戦のど真ん中に足を進めた。

目的のプレゼントを無事購入して、彼女を次の目的地に誘う。

「有己さん、あの、ここは……」

「レストランだ」

「絶対違います！」

「よくわかったな。偉《えら》い偉い」

「……ときどき、そういう意味のわからない冗談言いたがりますよね？」

——幸生だったら、これでごまかされてくれるところだが。

連れてきたのは、区役所だ。

時間外でも手続きができることは以前から知っていたが、こうして夜間窓口の前に立つと少々気が逸《はや》る。

「入籍だけでも、先に済ませようと話しただろう？」

「そ、それは、その」

取り出した封筒には、必要書類がそろえてあった。

結婚すれば、少しは妃月に対する会社内での風当たりがやわらぐかもしれない。何かあったときに彼女を守る権利も手に入る。

「だからって急過ぎますよ。前もって言ってくれたら心の準備もできるのに」

「前もって言ったら逃げそうな女と結婚しようとしているんだ。俺の気持ちとしては、勝手にひとりで提出していてもおかしくない」

インターフォンを鳴らさないと、夜間窓口に担当者は出てこないのをいいことに、有己は彼女を抱き寄せた。

ちなみに、窓口前に立つと防犯カメラに映り込むのはわかっている。

「ゆ、」

「五秒やるよ。あの防犯カメラの前で濃厚なキスシーンを演じるのと、インターフォンを鳴らして婚姻届を提出するの、どっちか選んでいいぞ」

「っっ……」

息を呑《の》む妃月を度なしのレンズ越しに見つめて、有己はカウントダウンを始める。

「五」

「あの、もう少し落ち着いて考える時間を」

「四」

「有己さん、落ち着いて、有己さんっ」

「三」

「婚姻届ってこんなふうに出すものじゃないと思」

「二」

「もう……っ！」

一をカウントする前に、彼女は予想外の行動に出た。

両手を伸ばし、有己の頬を挟むと、妃月が精いっぱいの背伸びをする。

身長差を考えると、それだけではキスに届かないのだが、こちらも協力するのはやぶさかではない。

濃厚なキスとはいかないが、彼女からしてくれたことが嬉しかった。

「ご満足でしたら、インターフォンを押してください……」

「ああ、俺の願望を両方かなえてくれる最高の女に感謝しながら押そうか」

五年は長い。

キスすら初めてだった妃月が、自分からしてくれるようになるほどの時間。

――これから先は、もう手放さない。

そしてふたりは婚姻届を提出した。

不備がなければ、晴れて夫婦になる。

実は、この時点で妃月に問いただしていない大きな問題があるのだが、それについては後日と決めていた。

どうせもう、彼女はどこにも逃げられない。

逃がす気は、最初からなかったのだから。

§　§　§

片倉《かたくら》映美は、社内でも明るく知り合いの多い人物だ。

一緒に昼休憩を過ごす中、妃月にたくさんの人を紹介してくれた。

けれど、紹介された誰よりも映美の明るさに救われていたことを、彼女に伝えていなかった。

――いつだってわたしは、あとになって気づく。

思うところはいろいろあったが、これ以上ストレスを抱えてもいいことはないと有己に言われたのをきっかけに、妃月は仕事を辞めることにした。

相談していないつもりはなかったのだが、彼にすれば言葉が足りなかったと言いたいのもわかる。

今日は、退職願を提出するつもりで出社してきた。

二社続けて自分から会社を辞めることに思うところがないとは言えない。

だが、それよりも映美にきちんと話ができないまま、退職願を出すことが心苦しかった。

「あ、おはようございます、向坂さん」

「おはようございます」

同じ部署の男性から声をかけられ、その視線に体がこわばる。

以前は感じなかった、あきらかな好奇の目。

――あのメールのせい？

「体調はだいじょうぶですか？　何かあればいつでも――」

「ありがとうございます。ご心配をおかけしました」

頭を下げて言葉を遮《さえぎ》ると、相手は小さく舌打ちして席へ向かう。

――ほら、やっぱり。こういうふうになる。

彼の態度に、以前の工場の同僚や上司を思い出してしまうのは仕方がないことだ。

――わたしが簡単に男性と関係を持つ女だと思うと興味がわいたのかな。そして、同時に軽蔑《けいべつ》している。だから、見下した相手に断られると苛立《いらだ》つんだ……

家族が、いなかった。

ひとりぼっちだった。

助けてと言える人は、誰もいなかった。

けれど、そのすべてが過去形になったことを妃月自身が知っている。

もうこれ以上、誰かに決めつけられるのを受け入れまいと心に決めたのだ。

以前の職場を辞めたとき、妃月はしていないことに対して謝罪した。

あきらめるほうがラクだと言い訳をして、自分を守ることを放棄した行動だったと今ならわかる。

婚姻届は受理された。

妃月の名前は『秋名《あきな》妃月』に変わったのだ。

先に氏名変更の書類を提出してから、退職願を出す。順番を間違えてはいけない。

席に荷物を置いてから総務へ行く予定で――

「向坂さん」

フロアを横切って、一直線に妃月のもとへ歩いてくるのは映美だ。

「おはようございます、片倉さん」

「おはようございます。ちょっと、いいですか？」

彼女の表情は硬い。

――これは……ちょっとダメージを受けそうな方向性の話になりそう、かな。

「はい」

映美の向かった先は、非常階段だった。

「……冬の非常階段は、寒いですね……」

エアコンの効いた廊下と違い、ここは打ちっぱなしのコンクリートが芯まで凍りつかせる、冷蔵庫のようで。

「わたし、向坂さんのこと、何も知りませんでした」

「あー、あはは、あのメールで知ったという意味ですか？」

乾いた笑い声が自分の口からこぼれるのが、ひどくむなしい。

「あれは、半分以上嘘なのであまり信じてもらうとわたしとしても——」

「違いますよ！」

彼女は声を荒《あら》らげる。

冗談ではなく、ほんとうに怒っているのが伝わってくる目をしていた。

「あんなメールより、わたしは一緒に仕事して、一緒にごはん食べてた向坂さんを知ってます。知らなかったのは、あんなふうに誰かに攻撃されてたのを我慢してたことです。気づけなかったことです」

——え……？

映美は怒っている。けれど、同時に彼女は涙目になってもいる。

赤くなった目尻にじわりと涙がにじんでいた。

誰かが自分のために泣くほど怒っている姿なんて、妃月は知らない。

「……ごめんなさい。向坂さん、わたしに聞きましたよね。迷惑メールがどう、って。あのとき、ぜんぜん気づかなかったんです」

「いえ、それは当然で」

「当然なわけないじゃないですか！　自分から、あんなひどいメールが来てるって言えるわけないんです。マルケンのセクハラだって、向坂さんいつも我慢してた。ほんとうは、わたしがもう少し助けてあげられるんじゃないかって思うこともあったのに、自分が矢面に立つのが怖くて逃げてたんです。だから、そういうの……そういうの、全部我慢させてるって知ってて……」

彼女は、いつも明るい。

誰にでも親しげに話しかけるけれど、心の底では何を考えているのかわからなかった。

婚活とイケメンに興味があるくらいしか、妃月だって映美のことを知らなかったのだ。

「泣かないでください」

「なっ……いてませんっ」

「嘘つき」

「はあ!? これは鼻水だから！ そっちこそ、涙目じゃないですかっ」

何年も同じフロアの近い席で仕事をしてきたけれど、今初めて映美と話した気持ちになる。

――みんな、同じなわけじゃない。わかってくれる人は、ちゃんといるんだ。

「……あと、イケメン社長とつきあってるのは、できたら先に聞きたかった！」

「メール、読んでるじゃないですか……」

「読んでないとは言ってないし」

ふん、と顔を背けた映美が、少し表情をやわらげる。

「ＡＫＩＮＡの社長って、イケメンの友人とかいないんですかぁ？」

「……友人がいるかどうかすら、ちょっとあやしいですね」

「は？ まじで？」

「まじです」

「紹介したくなくて言ってる？」

「いやいや、わたし、あの人の友人ってほとんど知らないんで！」

友人がいないのは、有己だけではなく妃月も似たようなものだ。

「片倉さん」

「はい」

「わたし、仕事辞めるんです。あと、結婚したんです。あ、それと今まで、いつもたくさん楽しい会話をしてくれてありがとう。ごはんも一緒に食べてくれてありがとう。それから――」

「ちょっと！　情報量が多すぎる！」

妃月の両肩を映美がつかんで押し留めてくる。

「……もっと、ゆっくり聞かせてくださいよ。仕事中じゃないときに」

「新婚なので、時間あまりないかもしれませんが」

「シンママじゃなくなったから、多少は時間とれるんじゃないの」

――たしかに！

きっと、今まであきらめていた中にも妃月が心を開いていれば違う角度で見えるものがあった。

映美のおかげで、それを強く実感する。

――大事なのは、今までじゃなくてこれから。

彼女とは、いい友人になれる。そんな予感がしていた。

§ § §

『元社長と元部長から呼び出しが来ました』

SNSで連絡が来たとき、有己はすぐに弁護士に電話をした。

相手が動くなら今だろうと、あたりはつけていたのだ。

——ま、何もしてこなかったとしても、許すつもりはないが。

調査会社からの調査結果と、二重丸不動産の内部聞き取り調査結果、そして妃月が話していた内容をもとに、これまでの問題はある程度浮き彫りになっている。

「俺の女に手ェ出したらどうなるか、目にもの見せてやる」

「社長、品がなくなっています」

有己の事情を知っている秘書は、臆《おく》することなく指摘してくる。

何度か、彼を連れて二重丸不動産に行っていたのだが、妃月は気づかなかった。

名前を岩永蜂屋《いわながはちや》。

かつての舎弟で、今はＡＫＩＮＡで有己が信頼している社員のひとりだ。

——気づかないのも当然か。あのころの蜂屋はほとんど顔も晒《さら》してなかったしな。

もとは引きこもりのプログラムマニアだった蜂屋が、今では秘書業務をこなしているなど到底信じられない話だ。

「それでは、車を準備させますので社長もご用意をお願いいたします」

「ああ、頼む」

「かしこまりました」

弁護士とは現地で合流することになる。

ICレコーダーは秘書が持っていくだろうが、一応有己もポケットに忍ばせた。

社長もご用意を。

蜂屋はそう言った。

——たしかに、用意は必要だな。

スーツのジャケットを脱ぎ、ワイシャツのボタンを外す。

念には念を入れるのが有己の流儀だ。

一度は社長室を出ていった秘書が戻ってくる。生真面目《きまじめ》にノックをして。

「どうした」

「失礼いたします。一件確認漏《も》れがありましたので、再度伺いました」

「ああ」

「本日、ご令息のシッターはいかがされますか。必要とあらば、手配をいたしますが」

秘書もまた、念入りが流儀のようである。

「手配を頼む」

「かしこまりました」

——なんとも優秀な秘書がいて、俺は幸せだ。

§　§　§

「向坂さん、ちょっと」

ほかに言葉を知らないらしい元部長は、相変わらず平然と妃月を呼びつける。

「もう向坂じゃありませんって言ってやればいいんじゃないですか？」

映美がしれっと危険なことを言う。

総務に氏名変更の届け出はしたが、ほかの社員には説明していないのだ。

「向坂さん！」

返事の遅い妃月に、しびれを切らした様子で丸岡が語調を乱暴にもう一度呼ぶ。

「はい」

元社長と元部長から話がある、と言われたのは昼前のこと。

すぐに有己には連絡をしてある。

――なんの話がしたいのかはわからないけど、どうせ楽しい話ではないんでしょうね……

「呼ばれたらすぐ来いよ、ったく。これだからだらしない女は」

「申し訳ありません」

妃月が知らなかっただけで、連結子会社化した際にAKINAから送り込まれた社員の中には、有己の手先――いわゆるスパイがいるらしい。

『行き先は社内なら連絡が来る。もし外に連れ出されそうなときは要報告』

簡潔な文面で指示を受けている。

有己が調べたところ、誹謗中傷のメールの出元《でもと》は元部長が一枚噛《か》んでいるようだった。

つまり、彼らは妃月についてなんらかの情報源を持っている。

以前の工場の関係者か、あるいは柴田《しばた》か。柴田の婚約者だった女性という可能性もあるだろう。

誰が情報を出しているとしても、社内メールで営業部全体にばらまいたのは悪手だ。

名誉毀損《きそん》罪で訴える準備が弁護士のもと行われている。

あのメールを妃月にのみ個別で送っていたなら、公然という条件に当てはまらず名誉毀損罪も侮辱《ぶじょく》罪も成立しない状況だった。

しかし、妃月がダメージを受けている姿を見せなかったおかげなのか、もっとダメージを与えたいと思ったゆえなのか、彼らは営業部全体に社会的評価を低下させるおそれのある行為に及んだ。

――誰かを貶《おとし》めても、自分が幸せになるわけじゃないのにね。

メールの送り主に対しては、怒りよりも憐《あわ》れみを覚える。

貶められたのは妃月の名前であっても、真実が白日《はくじつ》の下《もと》に晒《さら》されたとき、ほんとうの意味で落ちぶれるのは犯人側だ。

「失礼します」

連れていかれたのは、社長室のあるフロアの会議室。

有己と再会した思い出の場所だった。

すでに社の人間ではないはずの元社長は、堂々と上座に座って待っている。

この会議室は、役員以上の人間がいないと利用できないのだが、元社長と元部長の親子はよほど役員フロアに固執しているのか。

「向坂を連れてきました、社長」

「ああ、やっときたか」

さすがに、ここで「元社長では？」と尋ねるのはやめておいた。

誰に用意をさせたものか、元社長は水差しとグラスまで完備されて席についている。息子のほうが準備するとも考えにくいので、ほかの女性社員に命じたのかもしれない。

権力を失った彼らに従うものがいるかどうかは不明だが、少なくとも妃月にお茶出しをさせる気はないようだ。

「ご無沙汰《ぶさた》しております」

会議室に入ったところで、妃月は丁寧《ていねい》にお辞儀をする。

彼らの考えがどのようなものかはわからないし、これまで元部長にはさんざん迷惑もかけられたが、二重丸不動産のおかげで親子ふたりが暮らしてこられたのも事実なのだ。

「まったく、向坂さんにはしてやられた」

元社長の向かい側《がわ》にどっかと腰を下ろし、元部長がふんぞり返る。

「我々は騙されましたね、社長。以前の会社をクビになっただなんて、履歴書には書いてありませんでしたよ」

――自主退職でしたから。

「こんな、はしたない女がいるから日本は駄目《だめ》になる。母親になっても男漁《あさ》りとはなんと見苦しい」

「ほんとうですよ。向坂さん、我々はきみを訴えるつもりだ」

「わたしを、訴える……というのは……」

驚いたのは、嘘《うそ》ではない。

いったいなんの罪で訴えられるのか、妃月には見当もつかないからだ。

「インサイダー取引に決まっている」

「インサイダー取引……」

オウム返しするよりないのは、妃月が株式について詳しい知識がまるでなかったせいである。

愚《おろ》かな小娘を見るような目つきで、失脚親子が妃月を眺《なが》めていた。

その視線にひどく嫌な感じがあるのは、彼らのいう「だらしない」「はしたない」女性として見られているからだ。

元部長に情報を与えたのが誰かわからないが、誹謗メールの件名から見るに、彼らは妃月がよほど性に奔放な女性だと思っているのは間違いない。

教える気は毛頭ないけれど、妃月にはたった一度の経験しかないというのに。

「きみもかわいそうに、結婚したとたん離婚されてもおかしくない話じゃないか」

すでに妃月が結婚したという情報も知っていたようだ。

「なぜですか」

「莫大な賠償金を支払うことになる。あの成金社長が、きみのために金を出してくれると思うのか？」

暗に、ふたりの結婚をけなす発言である。

体しか取り柄のない女が、金に目のない男と結婚したとでも言いたいのだろう。

「向坂さんはなかなかにしたたかなようだし、あの男に借金をかぶらせて次の金づるでも――」

バンッと大きな音がして、会議室のドアが開け放たれる。

その音によほど驚いたのか、丸岡親子が双方びくりと体を震わせた。

「ご冗談がおじょうずですね、丸岡元部長」

「なっ……!? 秋名、社長……っ」

そのとおり、ドアを開けて立っているのは秋名有己だった。

「ご安心を。そちらのご友人もちゃんとお連れしましたよ。せっかくの舞台にご招待しないだなんて、丸岡元部長も冷たいじゃありませんか」

有己が、ひとりの男性の背をぐいと会議室内に向けて押しやる。

不健康に太った男性が、足をもつれさせつつ丸岡の元へ駆け寄った。

「な、なんなんです！　これはどういうことですか、丸岡さん！」

「柴田さん、私も何がなんだか……」

驚いたのは妃月のほうである。

今入ってきた男性が、柴田だというのだ。

――五年の月日は、人を変える……。

「さて、お待たせしました、皆さま」

エンターテイナーよろしく、有己が両腕を左右に広げる。

彼の背後には、まだ男性が三名同行していた。ひとりは弁護士だとして――

「こちらは弁護士の立岡《たておか》先生です。それから、彼はライターの高木《たかぎ》くん」

――あっ！

柴田よりよほど見慣れた顔の青年は、有己の弟分だった高木だった。

「丸岡元部長はご存じですね。高木くんをお雇いになったのも記憶に新しいところでしょう」

「し、知りませんよ、そんな男」

「そうでしたか。ではこちら、最後のひとりですが私の秘書の岩永です。彼はこう見えて、優秀なホワイトハッカーです」

彼もどこかで見たことがある気がするけれど、有己の秘書というのなら見覚えがあるのも当たり前かもしれない。

「ほ、ホワイトハッ……？」

「失礼、元社長のためにご説明いたしますが、企業への悪質なネット経由の攻撃をしかけてくる輩《やから》に対し、企業内への侵入を防ぐ技術のスペシャリストとお考えください」

「それがどうした！　いくらなんでも、柴田さんを突き飛ばしたりして、暴行罪で訴えてもいいんだぞ！」

元部長のほうは、息も荒く有己を睨みつけている。

——なんだか、違和感がある。なんだろう。

新婚の夫を見つめて、妃月はかすかに首を傾《かし》げた。

いつもよりいささか芝居がかっているけれど、それだけが原因だろうか。

「さて、それでは我々が調査した結果から申しあげますと、秋名妃月——旧姓向坂妃月に対し、丸岡健二氏は柴田和也氏から聞いた根拠のない私見をもとに、誹謗中傷を行うためのメールの本文作成をライターの高木くんに依頼した。そして、社のメールサーバーから営業部の全体に届くメールアドレスに宛ててこれを送信。その際、送信元をごまかすために社内インターネットからの利用を禁ずる海外サイトを経由した。間違いはありませんか?」

急に話が具体的になり、自分への中傷ということも忘れて聞き入ってしまう。

これだけのことを、有己はいつから調べていたのだろうか。

「反論がないようなので進めます。また、丸岡健二氏は、秋名妃月が個人で契約する賃貸住宅近辺で何度も目撃情報があり、近隣住民に彼女が帰宅しているかを確認した経緯がある。ストーカー行為でもしていたんでしょうか?」

「しっ、知るか! そんなこと、この私がすると思うのか!?」

「なさったから目撃情報があるのだと判断しますが」

「秋名社長は体で籠絡《ろうらく》されたのかもしれませんがね、私は既婚者ですよ。部下相手にそんな行動をするはずも——」

「では、こちらが実際に賃貸住宅近辺で撮影された写真です」

手にしたバインダーから、有己が写真を床にばらまいた。

そこには、眼鏡をかけて髪をセットした元部長の姿が写っている。

背景は、妃月が借りている部屋の近所で間違いない。

「この格好は……」

「ち、違う！　合成だ！　雑コラだ！」

「ご安心ください。これらはフィルム撮影された写真です。合成はしていませんので、確認したいということであればネガをご提示しましょう」

「くっ……」

小悪党らしさを体現するかのように、丸岡元部長はその場にくずおれた。

それを見ていた柴田が、ぶるぶると震え出す。

「ぼ、僕は悪くない。あの女が悪いんだ。食事に誘ってやったのに、あんな貧乏人が食べられないものを食べさせてやろうとしたのに、こっ、この僕の誘いを断ったから、だから」

――ああ、そうだったんだ。

ひどくシンプルな彼の思考が伝わってくる。

五年前、なぜ柴田が自分に誘惑されたなんて嘘をついたのか、妃月にはわからなかった。

親しみを感じ、兄がいたらこんなふうだろうかと思っていたのは自分だけで、彼にとって妃月は「断るはずのない女」だったのだ。

たしかに彼の婚約者にくらべて、妃月はかわいそうな境遇の人間に見えたかもしれない。

親に見放され、誰にも助けてもらえず、学歴もなく、誰にでもできる作業をするだけの存在。明日、誰かと入れ替えてもきっと誰も気づかない、そんなどうでもいい存在だったのだろう。

だが、それを決めるのは周囲ではない。

妃月にとっては、自分のたった一度の人生だけが現実だ。

彼には彼の物語があるのと同じで、妃月には妃月の物語がある。

──同じ人間と思っていなかったのなら、わたしなんかに断られてきっとプライドが傷ついたんでしょうね。だから、その腹いせにあんなことを……

「柴田さん、あなたはほんとうに悪くないんですか？　婚約者がいるのにほかの女性と交際をし、それがバレそうになったら怒りの矛先《ほこさき》を向けやすい相手の名前を挙げる。そして、何を守りました？」

「僕が僕を守って何が悪いんだ！　こんなところまで連れてきて、昔のことを掘り起こして、いったいなんのつもりだ。僕だって、婚約者に疑われてつらかった。その上、結婚する予定じゃなかった女が妊娠したって言い出して、結局婚約は破棄《はき》されたんだ。あんなひどい目にあったのに、さらに貶めようだなんてあなたたちはなんの権利があってそんなことするんだ」

自分の痛みには気づけても、他人の痛みはわからない。

そういう人間が、少なからず存在している。

「ええ、あなたは自分を守った。過剰に守られましたね。彼女と関係があったように嘯《うそぶ》いていたのも、ご自身のプライドを守るためだったのでしょう。その結果、どうなりました？　もうとっくに終わった昔のことを、武勇伝のように丸岡さんに語った。嘘ばかり並べて、彼女を悪者に仕立て上げた」

「う、嘘じゃない！　その女は、誰の子かわからない子どもを産んだんだろ？　僕の子かもしれないじゃないか！　だから僕は――」

今、柴田は言ってはいけないことを口にした。

有己の表情が、一瞬で凍りついたのをその場にいた柴田以外の皆が気づいている。

「てめえのゴミみてえなプライドのために、俺の女をこれ以上貶めるなら覚悟できてんだろうな。俺は、弁護士先生みてえに優しくねえよ？」

「ヒッ、な、何を」

「ああ？　おまえが自分の子かもしれねえって勝手言ってるのは、この俺の息子だってわかってんのか？」

――有己……？

プロポーズをされて、幸生と三人で家族になろうと言われて、それでも有己はいちばん大きな問題を一度も口に出さなかった。

幸生が、誰の子なのか。

それを問うたことのない人。

たとえ自分の子だろうと、そうではなかろうと、同じ気持ちで愛すると覚悟を決める人だと知っている。

なんの確信がなくても、この場で自分の息子だと宣言してくれる。

そういう彼を、心から尊敬した。

――口調はともかくね、有己さんはほんとうにすごい人だから。

「遅くなって悪かったですね、丸岡元社長」

「なんの恨みがあって、こんなことするんだ。たとえあんたの言ってることが正しかろうと――」

元社長が、手元にあった水差しを掴《つか》み、思い切りよく有己に投げつけた。

瞬間、水が宙に舞う。

重いガラスの水差しは床にごろごろと転がって、水だけが有己の上に降り注ぐ。

そして、妃月は違和感の正体に気がついた。

頭から水をかぶった彼の、濡《ぬ》れたワイシャツが肌にはりついて、鮮《あざ》やかな入れ墨が透けて見えるのだ。

違和感は、彼がスリーピースのジャケットを着てこなかったこと。

ベストとネクタイがあるせいで、すぐにはわからなかった。

——まさか、この事態を想定していたっていうの？

濡れた髪をかき上げ、有己はおもむろにベストを脱ぎ捨てる。

すると、背中、肩、二の腕の和彫が誰の目にもはっきりと見えるようになった。

「丸岡元社長、あなたはもっと早く息子さんを止めるべきだった。次期社長と名乗り、社内で好き放題し、セクハラ部長と陰口を叩《たた》かれているのを知っていたでしょう。それでも、彼に会社を譲りたかったんですか」

「……………あんたは金で私たちの会社を買い叩いただろう。その上まだ説教でもする気かね」

「いいえ、さすがに私も年長者を敬う気持ちは持ち合わせています。ですが、息子さんは正式に訴えることになるかと」

もう、元社長は何も言わなかった。

びしょ濡れの有己に、秘書の岩永がわかっていたとばかりにタオルを差し出す。

よく見れば、秘書は自身の着用しているコートとは別に、手にもコートを持っていた。これは有己のコートということか。

「妃月、行こうか」

この解決について、彼は何ひとつ説明せずにタオルで拭《ぬぐ》った手を差し伸べてくる。

「……あとで、詳しく聞かせてもらえるんですよね？」

「ああ、もちろん」

五年前、彼から逃げおおせたのは妃月のほうの協力者のおかげとしか言えないだろう。

ひとりでどうにかしようとしていたら、きっとすぐに連れ戻されていた。

いつだって、有己は妃月とは違う次元で物事を見ている。

「妃月ちゃん、お久しぶりっすね」

「あ、高木くん」

「蜂屋もいますよ」

「え、蜂屋くんが？」

フードをかぶったマスク姿の――そんな人物は、この会議室に見当たらない。

「あれっす」

高木が指差したのは、いかにも有能そうな有己の秘書だ。たしか岩永と言ったはずだが。

「岩永蜂屋、蜂屋って名前なんすよ」

「ええええ!?」

今日、いちばんの驚きとともに妃月は蜂屋を凝視した。

「ご無沙汰をしております。このたびは、ご結婚おめでとうございます」

「あ、ありがとう……ございます……」

やはり、五年というのは思っていた以上に長い時間かもしれない――

§　§　§

トントン拍子に物事は解決し、妃月は有己の車の助手席でいつしか眠りに落ちていた。

あとは帰るだけ。

もう、嫌なことは終わり。

安心したせいで、ここしばらくの疲労がどっと背中にのしかかったのかもしれない。

「——づき、妃月」

「んっ、あ、あっ、おうちついた？」

シートから体を起こすと、いつもの駐車場とは違う風景が目に映る。

——え、ここは？

「車、預けるから荷物持って降りるぞ」

「……？　わかりました」

さっぱり事態を把握《はあく》していないながらも、有己の言うとおり車から降りた。

広いエントランスを彼に腰を抱かれて歩いていけば、見上げるほど高い吹き抜けの天井にシャンデリアがきらめいている。

身分不相応な高級ホテルだということは、説明を受けなくてもすぐにわかった。

「いらっしゃいませ、お客さま。本日はご予約のご利用でしょうか？」

コンシェルジュらしき男性が、有己に声をかけてくる。

「秋名です。一泊の予約を」

「お待ちしておりました、秋名さま。お荷物をお預かりいたします」

その言葉に、ベルボーイがすっと近づいてきた。

——一泊って、幸生は？

不安が目に見えたのか、有己が耳元に口を寄せる。

「今夜はシッターに宿泊で頼んである。心配するな」

「え……あの、それは」

ほんの一時間前にはびしょ濡れになっていたとは思えない、完璧なスーツ姿の有己がふっと相好を崩した。

「どうしても心配だというなら帰ってもいい。とりあえず部屋まで行ってから考えないか？」

そう言われると、何が何でも帰りますとは言いにくいものだ。

——有己さんは、わたしの考えなんてどうせお見通しなんだろうな。

「秋名さま、お部屋にご案内させていただきます」

「ありがとう」

慣れた様子で、有己がうなずいた。

案内された部屋からは、東京タワーがよく見える。

東京の街を壁一面の窓から見渡せるだなんて、なんとも豪華なランドスケープだ。

落ち着いたウッドカラーを基調にした室内は、海外のホテルを思わせる大きなベッドが中央に設置されている。

間接照明のやわらかな光と、ベッドのリネンの白さが対照的だ。

――とりあえず、落ち着こう。

妃月だって、ステキな部屋に案内されたら気持ちが上ずる。

けれど、息子をシッターにあずけてラグジュアリーな空間に酔いしれられるかというと、そこも悩ましいのだ。

ひとりがけのソファに腰を下ろすと、これまで体感したことのないような心地よさに臀部と背中が包まれる。

「何これ……！」

思わず恍惚《こうこつ》とした声が飛び出した。

「気に入ってもらえたようだな」

「有己さん、あの、どういうこと？　幸生、シッターに頼んだって……」

「息子がかわいすぎて、マンションじゃ新婚らしいこともできないだろ」

新婚らしいこと。

入籍したとはいえ、いつもと違う現実離れしたことはふたりの間に何もない。

日常の延長で結婚した。その言い回しがしっくりくる日々だ。

「それとな」

ずいと有己が顔を近づけてくる。

ソファの両脇にあるアームレストに腕をかけられていては、逃げ場がない。

「な、何……」

「大事な話をしてないだろう、俺たちは」

それには心当たりがあった。

ふたりの間の、最後にして最大の秘密。

「まあ、たいていのことは察してるんだが、これだけはきちんとおまえの言葉で確認したい」

「……うん」

「妃月」

顔を上げると、彼がひたいとひたいを合わせてきた。

吐息もかかるほどの距離で、有己が目を細める。

「幸生は、俺の子だな？」

確信に満ちた声で、彼は問う。

「俺たちの息子だ。違うか？」

今まで、誰にも幸生の父親を告げたことはなかった。

理由は、父である有己本人に言っていないことを、ほかの誰かに言うわけにはいかないからだ。

「おいこら、なんでそこで涙目になるんだ？」

「だ、だって」

五年間。

心に鍵をかけて、妃月は生きてきた。

大好きな人に背を向けて、彼の子をひそかに育てる日々。

「妃月」

唇が、かすめる。

「黙ってたらわからない。それとも、キスであやしてやらないと言えないか？」

「……もう、またからかう」

「からかってなんかない。言えよ。幸生の父親は俺だな？」

近づきすぎると、全体が見えなくなる。

けれど、もっとそばにいたい。この人の体温を感じて、その腕の中で優しい時間を満喫したい——

「幸生は、有己さんの息子です」

「ああ。そうだと思った」

「どうして、そう思ったの？　髪の毛とか、爪の形とか、目の色と——ん、んーっ!?」

話している途中に、奪うようなキスで言葉が遮《さえぎ》られた。

——いきなり、こんなキス……！

舌が割り込んできて、妃月の心をかき乱すように甘く絡みついてくる。

逃げようとした体を抱き寄せ、思い切り顔を上に向けさせられた。

「ん、んぅ……」

「妃月」

「ん、は……」

「誰がおまえを女にしたと思ってるんだ？」

低くかすれた声に、心を直接撫でられた気がした。

体がゾクリと甘く震える。

彼の目が、自分だけを映している、この時間。

「ゆうき、さん……」

「よくできました。ご褒美《ほうび》に、優しくしてやるよ」

長い長い、五年だった。

偶然と必然が重なり合って、七夕ではない夜にもう一度奇跡が起こる。

――ううん、これはもう奇跡じゃないのかもしれない。だって、わたしたちは結婚したんだもの。

「妃月」

「はい……」

「好きだ」

「……わたしも、有己さんのことが好きです」

「ああ、知ってるよ。五年前からずっと知ってた」

キスの温度が高まっていく。

互いの唇がふれるだけで、せつなさに心も体もちぎれそうだった。

「忘れないでくれてありがとう、有己さん」

「バカ、忘れられるかよ」

「うん、わたしもです。忘れられなかった。ずっと、ずっと……」

舌を絡め合い、溶け合ってしまうようなキスのあと、有己がブラウスのボタンに手をかける。

「妃月」

「は、い……」

首筋に顔を埋めるそぶりで、肌に唇がかすめた。

「せっかくの高級ホテルなのに、ソファでいいんだな？」

「え？」

「もう、待てない。というか、待たない」

「え、えっ、あ、嘘……っ!!」

「ベッドでも堪能したいなら、二回戦をあとでねだれよ？」

——有己さんのいじわる！

§　§　§

翌朝、食べきれないほどの朝食メニューがテーブルに並ぶ。

まだ昨晩の気だるさが抜けきらないまま、ふたりはテーブルについた。

湯気の立つ鮮やかな黄色のオムレツに、オクラとブロッコリー、ニンジン、プチトマト、グレープフルーツとイチゴのサラダ、小さなグラタンと野菜がたっぷり入ったスープ、バスケットには焼きたてのクロワッサンとフルーツサンド、ヨーグルト。

料理を見たあと、ふたりは同時に顔を上げた。

テーブルを挟んで向かい合わせに、同時に口を開く。

「幸生に食べさせたいな」

「コウちゃんも一緒に食べたかった」

バスローブ姿で、どちらからともなく笑いだし、どうしようもなく幸せな気持ちになった。

「テイクアウトできるか聞いてみるか」

「プランターの水やりもしないといけませんね」

「そのイチゴ、幸生の口いっぱいになりそうだ」

「フルーツサンド、前にテレビでじーっと見てました」

ふたりの時間も大切だが、幸生がいないと気になって仕方がない。

室内にバターの甘い香りが広がっている。

「妃月」

「うん？」

「早く幸生に弟か妹、プレゼントしてやらないとな？」

「っっ……、そういうのは狙ってできることじゃないですからね！」

ひと口も食べることなく、ふたりはホテルをあとにする。

マンションに帰ると、あくびをしながら出迎えてくれたのは――

「あっ……やこ、さん……!?」

「んん……おはよぉ、ふたりともずいぶん早いのね……」

パジャマ姿の彼女は、メイクを落としていてもまつエクとアートメイクのおかげであまり印象が変わらない。

――シッターさんって、彩子さん？　待って、有己さんと彩子さんっていったいどういう関係なの……？

さすがにふたりの留守中に、彼と古いつきあいの美しい女性が家にいたと考えると複雑な気持ちになる。

そんな妃月に気づいたのか、彩子がじろりと有己を睨《にら》んだ。

「有己、言ってなかったんでしょう？」

「それどころじゃなかった。俺は妃月に愛を乞《こ》うのが忙しかったからな」

「そういうところよ。そういうのが有己の悪いところなの。ね、妃月ちゃん？」

——考えたら、ふたりって名前で呼び合う関係だもの。わたしなんかより、よっぽど強い絆《きずな》で結ばれてるんじゃ……？

「ほら、ちゃんと言いなさい。誤解されて困るのは、あたしよ」

長い髪をかき上げて、彩子がため息をつく。

「妃月、俺が男子校出身だって話はしたか？」

「え……？　あ、えーと、初めて聞くと思います」

突然の話に、首を傾げるしかできない。

男子校なら、彩子は関係ない話題にも思う。

「高校の同級生の慎二《しんじ》だ」

「…………？」

話に追いつけず、妃月はじっとふたりを交互に見つめた。

——しんじ？　しんじさん？　え、誰が？

「っ……え、ええっ⁉」

「もう、驚きすぎよ、妃月ちゃん」

「待ってください、彩子さんは彩子さんじゃないんですか……？」

「今は彩子よ。でも高校生までは、慎二くんだったの」

うふふ、と甘く微笑む彼女の正体に、蜂屋のことを知ったときよりも衝撃を受ける。

「別に俺は、昔の女を連れ込んだわけじゃない。誤解するなよ」

「あら、昔のオトコだったらどうなの？」

世界には、まだまだ妃月の知らない謎が隠されているらしい。

男だろうと女だろうと、彩子の美しさが変わるわけではないのだ。

──ああ、だから彩子さん、わたしが憧れの女性って言ったとき、少し困った顔してたのかな。

「おはよぉございます、あやこママ……」

そこに、眠い目をこすりながら小さな王子さまが現れる。

「コウちゃん、おはよう」

「あれ？　ママ、おかえりなさいっ」

広げた両腕に、飛び込んでくるぬくもりが愛しかった。

「ママ、ぼく、きのうあやこママといっしょにごはんつくったんだよ」

「ええ？　すごい、コウちゃん。何作ったの？」

半年前には人見知りだったのに、子どもの成長は環境で大きく変わる。

「あのねー、なっとうぐるぐるして、おこのみやきになったの！」

「納豆の……お好み焼き？」

「とってもおいしかったから、こんどママもいっしょにつくろうよ」

「わかった。ママ、勉強しておく！　コウちゃんも教えてね？」

「はーい」

頬と頬を寄せ合い、ぎゅうっとくっついて。

「やっぱり、似てるわね」

「俺の息子だからな」

「妃月ちゃんのことが大好きなところもそっくりよ」

「俺の息子だから、仕方ないだろ」

元男子校同級生のふたりが、カウンターに寄りかかりながら妃月と幸生を優しい目で見守っていた。

「ねえ、ママ」

「ん？」

幸生が、耳に顔を寄せて小さな手で口元を覆《おお》う。

何か、内緒話があるようだ。

「あのね、みんなにはひみつなの」

ゆっくりうなずくと、息子は言いたくて仕方ないといった様子で口を開いた。

「ゆーきパパのせなかにね、すっごいおおきなかっこいいえがあるの。でも、ひみつだよってみせてくれたの」

「コウちゃん、見せてもらったんだね」

「うん！　ぼくもおおきくなったら、せなかにいろんなえがでてくる？」

——うわあ、それは答えにくい……！

「ねえ、ママ、ぼくのせなかは？」

「それは——あとで、パパに聞いてみようね！」

今日も秋名家は平和で幸福で、笑顔にあふれている。

§　§　§

金曜日、有己は仕事を午前中で切り上げて、妃月とふたりで区役所へ出向いた。

婚姻届に不備があったわけではない。

幸生の認知届を提出するためだ。

秋名家の場合は、少々イレギュラーなケースのため、役所で相談してからの手続きだったが、無事三人は父、母、息子の家族になる。

そして翌日は、クリスマスを来週に控えた土曜日。

本人も忘れかけていた有己の秘密に、妃月が気づいた。

「どうして今までずーっと言ってくれなかったんですか！」

「あー、いや、俺も忘れてたんだよ」

「そんなのありえません。秘密というか、これはもう嘘ですよ」

有己にとっては、たいした話ではなかったのだが、彼女は頬をぷっくり膨らませて怒っている。

——やべえ。こうしてると、妃月って幸生に似てるな。ああ、逆か。幸生が妃月に似ているんだ。ふたりとも、食べてしまいたいくらいにかわいいところが同じだ。

「有己さん」

彼女にしては、ぐいと近づいてくる。

下から睨まれるとあまりに迫力がなくて、いっそうかわいく見えるから困りものだ。

「わたし、怒ってますよ？　なんでニヤニヤしてるんです？」

「おまえがかわいいから、参ったなと」

「怒ってるときにかわいいなんて言われて、わー、やったーってなると思ってるんですか!?」

――そうなってくれたら、それはそれでかわいいだろう。

有己の秘密、というか嘘は、客用ベッドルームを妃月と幸生に使わせたという部分である。

もとの部屋は有己の寝室だったことを、妃月は今まで知らなかった。

幸生の子ども用ベッドは購入し、設置した。

そのほかに、自分用のベッドを買わなくてはいけないと思っていたのを、面倒で先延ばしにしていたのだ。

クッションを並べて、余っている羽毛布団をフローリングに敷いて寝ていたのだが、その事実に気づいた妃月が怒っている。

「わかった。俺が悪かった。ベッドをすぐ注文する」

「そういうことじゃないんです。わたしは、有己さんが心配なんです！　真冬ですよ？

どうして毎晩、床で寝ていたんですか。自分の体も大事にしてください……！」

たしかに言われてみれば当然のことだ。

けれど、有己は元来そこまでまめな性格ではなかった。

自分のことは、どうにかなる。

自分以外の誰かのためならすぐに行動できるが、それと同じ速度で自分のために何かをする習慣がない。

そのことを説明すると、妃月はしばらく考え込んだあとで「わかりました」と小さな声で言う。

「有己さん、ベッド買うんですよね？」

「ああ、そうだな」

「つまり、わたしとは一緒に寝ないって意味でいいですね？」

「いや、それは違う。なるほど、俺が妃月と一緒に寝てもいいのか……」

暮らしはじめたころは、幸生の精神衛生上そういう方法を考えもしなかった。

――いずれ幸生は育って、小学校に入学するころには子ども部屋がほしくなるかもしれない。そのとき、俺は堂々と妃月と同じベッドで寝ていい。そうだ、当たり前のことだ。

「わかった。まず引っ越しをするところから始めよう」

「……有己さん？」

妻の表情が、微妙にこわばっている。

「考えた結果、幸生はそのうち自分の部屋が必要になるだろ」

「それは……はい」

「ふたり目ができたとき、男の子だったら子どものうちはふたり一緒の部屋でもいい。もし、ふたり目が女の子だったらどうするんだ」

その場合、遠からず子どもたちにはそれぞれの部屋が必要になる。

2SLDKでは、部屋が足りなくなってしまう。

「ねえ、有己さん」

「どうした？」

「考えてくれるのは嬉しいです。でも、まだ妊娠したわけでもないのにそんなに先々考えても、その……」

ほんのりと頬を赤らめた彼女が、何を考えているかわからない有己ではない。

「だったら、今から努力する手もあるよな」

「っっ……」

何度抱いてもまだ慣れていないらしく、妃月は羞恥心《しゅうちしん》に両手で顔を覆った。

「妃月、どうした？」

わかっていてあえて尋ねるから、いじわると言われるのだ。それでも妻の反応がかわいすぎるせいで、ついちょっかいを出してしまう。

「ベッドを買うって話だったのに、ゆ、有己さんが引っ越すとか、今から努力するとか言うから、何から始めたらいいかわからなくなります……っ」

こういうところは、出会ったころとあまり変わっていない。

仕事ではそれなりに冷静さを保っている。そんな妃月も知っている。

――まあ、まだ初心者ってことにしておくか。

「よしよし、わからなくなったらいつでも俺に相談しろよ。もっとわからなくしてやる」

「有己さんっ！」

鎖骨まで赤くなった妃月を、少し強引にフローリングに押し倒した。

正しくは、フローリングに敷いた羽毛布団の上に。

「……なあ」

困り顔の彼女にキスすると、唇が拒《こば》んでいないのが伝わってくる。

「妃月、ここの寝心地もそう悪くないの、わかるだろ」

「そ、そういうことじゃなくてですね」

「このまま、おまえを抱いて確認しようか。きっと安心してくれると思う」

頬に耳に首筋に、何度も何度も執拗にキスをする。

指先に、手の甲に、手のひらに。

彼女のすべてにくちづけたい。

何度キスしても、すぐに足りなくなってもっとしたくなる。

「妃月？」

「…………一回だけ、ですよ？」

こんな場所で昼間からなんて、きっと彼女に断られると思っていた。

――積極的な妃月、最高。

「一回でおまえが満足できたらな？」

さて、彼女が何度も求めてくれるかどうかは、有己の努力にかかっている。

「や……っ、あ、待って、待っ……」

「好きだから、きっと俺は一回じゃ足りない。何度抱いても足りないんだ。五年分、たっぷり愛させてくれよ」

「ううう、有己さんなんて……」

彼女は両腕でぎゅっと抱きついてきた。

「有己さんなんて、大好きです」

一回で終わらなかったのは、有己の側《がわ》の問題だけではないと彼女はそろそろ自覚したほうがいい。


その夜、三人で暮らして最初の雪が降った。

有己のベッドを占領していることに悩む妃月が、

「三人で同じ寝室で寝るのはどうですか？」

と声をかけてくれた。

もともと有己が使っていたベッドはダブルベッドなので、ふたりで寝るのは問題ない。

「パパとママだけいっしょ？　ぼくもいっしょにねたい」

結果、三人でくっついて寝る夜。

窓の外は雪が降っているのに、ベッドの中はあたたかい。

──俺たちは、残念なことにあまりいい親のもとには生まれなかった。俺も妃月も、家庭環境に難ありだ。

寝息を立てる妻と息子を見つめて、有己は幸せを抱きしめる。

だからこそ、これから自分たちの考える家庭を作っていけばいい。

与えてもらえなかったから、与えられないわけではないのだ。

幸生に、そしていつか生まれてくるかもしれない幸生の弟か妹に、妃月とふたりでたっぷり愛情を与えよう。

――妃月にも、もちろん。

目を覚ますころには、雪が積もっているだろうか――

§　§　§

「わあっ！　おおきい水でっぽう！」

クリスマスの朝、目を覚ました幸生が、枕元のプレゼントを開けて目をキラキラさせている。

「サンタさん、今年も来てくれたね。コウちゃんがいい子だったからだなー」

「ぼく、いいこだった？」

腕に緑と紫のウォーターバズーカを抱きしめて、幸生はベッドの上でぴょんぴょん飛び跳ねた。

「うん、とってもいい子。ママの大好きなコウちゃん」

「ぼくも、パパとママだーいすき」

冬にウォーターバズーカが売っているかわからず、有己とふたりで買いに行ったのを思い出す。

——新米パパに感謝だね。

「お？　おはよう、幸生」

「パパー、見て、おおきい水でっぽうだよ。サンタさん、もってきてくれたの」

「やったな、さすがサンタさんだ。どれどれ、パパにも見せてくれよ」

「うん、いいよ。パパ、いっしょにベランダで水でっぽうする？」

「夏になったらしよう」

「はいっ」

今夜のディナーは、有己がチューリップの唐揚げを作ってくれることになっている。

妃月はブロッコリーをクリスマスツリーに見立てたグラタンを作る予定だ。

——ケーキは予約してあるから、あとはサラダとトマト系のスープがいいかな。

「ん？　そういえば、ママのところにもサンタさんが来てたみたいだけど」

「えぇ？」

最近、幸生の前だとお互いにパパ、ママと呼ぶことが増えてきた。

ふたりのときは妃月と呼んでくれる彼が好きだと思う。

――有己さんって、そういう気遣いが細やか。

それはさておき、妃月の枕元にも小ぶりのプレゼントが置かれていた。

「ママにもサンタさんきたね」

「ほんとだ。びっくり！」

「だって、ママもいいこだから、サンタさんちゃんとプレゼントくれたんだー」

――コウちゃん、さすがに二十五歳になっていい子は恥ずかしい！

でも、息子から見ていいママになれているなら嬉しいものだ。

「……え……？」

プレゼントの袋を開けると、中から折りたたんだカードが現れた。

妃月は、有己からのプレゼントだと思っていたのだが、そのカードは幸生の描いた
絵だった。

『ままだいすき』

一生懸命書いたとすぐにわかる、バランスのくずれた字。

『妃月大好きだよ』

それから、有己の少し右上がりの文字。

「ほら、妃月」

「……うん」

「幸生サンタと有己サンタからのプレゼント、カードだけじゃないぞ?」

「うん……っ」

メインのプレゼントを見る前に、妃月はもう涙声になっている。

——どうしよう。こんなクリスマスがわたしに訪れるなんて考えたこともなかったのに。

子どものころ、妃月のところにはサンタクロースはやってこなかった。

クリスマスという概念すらなかった、小さな自分。

施設に暮らすようになってからは毎年クリスマスパーティーをしたけれど、そのときにはもうサンタクロースなんて信じていなかった。

いつしか、世の中のみんなが好む行事は、自分と無関係なところで行われているものだと思うようになり、幸生が生まれてからは子どものための行事として一緒に楽しんできた。

「どうしよう、嬉しぃ……」

「ママ、なかないで。どうしたの？　いたいの？」

「痛くない。痛くないよ。嬉しいの。コウちゃん、有己さん、嬉しぃ……」

頬を熱い涙がこぼれていく。

サンタクロースは、家の中にふたりもいた。

「パパ、ママのせなかぽんぽんしてあげて」

「ああ。ほら、妃月。あんまり泣くと幸生が心配するからな？」

「だって、嬉しぃ……」

バズーカを持った幸生が膝の上に乗ってくる。

背中をさすってくれる有己の手は、いつだって優しぃ。

「うっ、うう、ぷ、プレゼントも見たいのにいぃ……」

「はいはい、俺がかわりに開けてやるから」

袋の中から、ころりと丸い透明なものが出てくる。

よく見るとただ丸いだけではなく、台座があった。手のひらに乗るくらいの大きさのそれは、中に幻想的な白いクリスマスツリーが入ったスノードームだ。

「クリスマスツリーがほしいって言ってたのに、今年はこれといって気に入るのが見つからなかったみたいだからな」

「……わたしだけの、ツリーだ」

球体の中に、雪が降り積もる。

それを見つめていると、心がじんとあたたかくなるのを感じた。

「ママ、ゆききれいだねー」

「うん、とってもきれい」

「来年は、大きいツリーを買うか？」

「……今は、これだけでいい。でも、来年になったらほしくなるかもしれません」

妃月の言葉に有己が笑う。

幸生はスノードームを見るのが初めてらしく、興味津々の丸い目をしていた。

——世界中の誰もが、幸せなクリスマスを過ごしていますように……

夜になって、また雪が降りはじめた。

ホワイトクリスマスだ。

「ずいぶん見入ってるんだな」

幸生が眠ったあと、妃月はパジャマ姿でリビングのソファに座ってスノードームを手のひらに乗せ、繰り返し球体の中に雪を降らせている。

「だって、初めてクリスマスプレゼントをもらったんだもの。クリスマスカードも、嬉しかったです」

「喜んでもらえて俺も嬉しいよ」

彼がソファに並んで座る。

そっと肩を抱き寄せられ、有己の胸にひたいをつけた。

「いつの間に準備してたんですか？」

仕事を辞めてからは、家で過ごすことが多い。

有己と幸生がふたりでクリスマスカードを作っていたのに気づかないなんて不思議だ。

「保育所の帰りに、クリスマスカードの手作り体験をしている工房にふたりで行ってきた」

「えっ、そんなに本格的なところに？」

「言うほど本格的かどうかはわからないけどな」

──それなのに、わたしは有己さんにプレゼントを準備していないという……！

少し自分にがっかりして、妃月は肩を落とす。

「妃月？」

「ごめんなさい。有己さんとの初めてのクリスマスなのに」

「ああ、俺にプレゼントを準備してなかったから落ち込んでるのか」

「う……、全部言わないでください……」

うつむいた生え際に、唇が触れた。

「別に、俺はかたちのあるものがほしいわけじゃない」

「？　じゃあ、かたちのない何がほしいんですか？」

「妃月の愛情を、一生分」

顔を上げると、湯上がりの彼が優しく微笑みかけてくれる。

仕事中は今も度なしの眼鏡をかけているようだが、家にいるときは幸生と遊ぶのに危ないからという理由でやめたらしい。

「……一生分、先にあげたらあとで足りないって言われたときに困りそうです」

「そのときには、追い愛情をよろしく」

「追いがつおと愛情は違うと思いますよ？」

抱き寄せられて、ふたりの間からスノードームがころころとソファに転がっていく。

「妃月がここにいてくれることが、愛情だ」

「わたし……？」

「一生、隣にいて笑って泣いて怒って、ときどきケンカしよう。ああ、もちろん気持ちいいことも」

ソファに押し倒されて、甘いキスに目を閉じた。

「そんなの、普通のことです」

「俺たちには、普通が足りなかった。俺もおまえも、足りなかったぶんをこれからたくさん経験していくんだ」

——ああ、そうか。

少し寂しい子どもだったふたりは、その寂しかった部分を一緒に埋めて成長していける。

彼は、そう言っているのかもしれない。

「じゃあ、一生分」

有己の頬を両手で挟んで、自分からキスをする。

「ん……まだ、足りない」

「ふふ、一生分のキスって、どのくらいでしょうね」

「俺が満足するまで。もしくは、妃月が満足するまでだ」

――きっと、追いキスも必要になる。

そんな予感を感じるクリスマスの夜、妃月は必死に声をこらえて彼の愛情を受け止めた。

§　§　§

「あー、もう。なんですか、このぷにぷにしたかわいすぎる生き物は！　けしからんー。かわいいの罪で逮捕するー！」

それは、三月の晴れた日。

都内の高級住宅地にあるウエディング用の貸切邸宅には、有己と妃月の親しい人だけを招待した。

「ぷにぷに？　ぷにぷにってなーに？」

幸生の頬に見入られた片倉映美が、先ほどからさわり放題だ。

「それはコウちゃんのほっぺのことでーす！」

友人だけではない。

妃月は、初めて有己の弟と妹に会った。

「急に結婚するって言い出したら、もう子どもが五歳だなんてさすが兄さんだよ」

弟の理恩《りおん》は、才気あふれる実業家。

「わたしは、お兄ちゃんが普通に結婚できることに驚いた」

妹の芙美《ふみ》はまだ大学生で、理恩と一緒に暮らしているという。

「あの、今日はほんとうにおふたりに会えて嬉しいです。来てくださってありがとうございます」

「妃月さん、兄をよろしくお願いします。結婚、おめでとうございます」

敷地内には、邸宅だけではなくチャペルも併設されている。

有己の秘書である岩永蜂屋が候補をいくつか出してくれて、その中からふたりで選んだ会場だ。

「蜂屋、ありがとうな」

「いえ、私は社長のために今後も尽力させていただきます」

「てか、蜂屋って普通にイケメンじゃないすか？　なんで昔は、顔隠してたのか謎すぎんですけど」

もちろん、高木亮一《りょういち》も参加している。

高木と蜂屋は、六年前の有己と妃月を知っているからこそ、今日の結婚式を喜んでくれた。

「……ねえ、妃月さん。秋名さんの周囲って、ハイグレード男子多すぎません？」

声をひそめる映美の目には、蜂屋がターゲティングされている。

「そうね、有己は昔から友人には恵まれていたみたいよ？」

きょうだいを抜かせば、もっともつきあいが長い彩子が微笑んだ。

そして、もうひとり。

「おめでとうございます、妃月さん」

「結子《ゆいこ》さん、ありがとうございます。あのとき、結子さんがいなかったらきっとわたしは挫《くじ》けてしまったと思います」

関口《せきぐち》結子、有己は彼女の父によってだいぶ苦労したはずだ。けれど、有己のもとを去った妃月が妊娠に気づいたとき、助けてくれたのも結子だった。

「驚いたよ。結子ちゃんが妃月の出産に協力してくれていたなんて、結婚式の準備をするまで聞いてなかったからな」

「ええ、秘密にしていただくようお願いしていましたので」

「お父さんは、元気にしてるか?」

「はい。その節はご迷惑をおかけしました」

いつだって、ひとりだと思うときにも誰かがいてくれた。

ひとりぼっちだと膝を抱えてうつむいていたとき、顔を上げたら心配してくれる誰かの顔が見えたのかもしれない。

「ママー、みて、ようちゅうみつけたー」

「ええ!? い、今……?」

ウエディングドレスに身を包み、妃月はわずかに青ざめる。

「おお? 幸生、見せてみろ。なんの幼虫だろうな」

「あのね、かぶとむしがいい」

「んん……、カブトムシの幼虫ではないみたいだ」

「えー」

もうすっかり父親の顔をして、有己が息子と幼虫を観察していた。

空は青く、春の訪れを感じさせる。

五歳になった幸生は、有己の真似《まね》をしてスリーピースのフォーマルだ。くるりと弧を描く毛先が、風に揺れてやわらかにそよぐ。

「あ、コウちゃん、こっち向いて」

彩子がスマホで有己と幸生のふたりを撮影していた。

「もう、有己、ヘンな顔しないの！」

「パパ、へんなかおしてたの？」

「コウちゃん、見せてあげる。おいで」

「うん！」

――ずっとこんなふうにいられたらいいな。

ブーケを手に、妃月は三月の空を見上げる。

泣きたいくらいに幸せで、笑い声がたえない人生。

だけど、きっと幸せと同じくらい悲しい日も苦しい日もあるだろう。

どんな日も、誓いを立てた彼となら生きていける。

「妃月」

「有己さん、幼虫持ってないですよね……？」

「持ってないよ。なんだ、その警戒心は」

困ったように笑う彼が、ヴェールをそっとよける。

「この間、思い出したんだ」

「なんですか?」

「昔住んでいたマンションのベランダに、クリスマスツリーみたいな観葉植物があっただろ」

「! ありました。あれがわたしの理想のクリスマスツリーなんです」

「あれの名前、思い出したんだよ」

ゴールドクレスト、と彼が言う。

「じゃあ、今年のクリスマスにはゴールドクレストを買いましょう。それで、お部屋でツリーにするんです」

「幸生の植物好きは、妃月譲りだな」

「……虫好きの部分は有己さんにおまかせしてもいいですか?」

「なんでもまかせろよ。こう見えて、俺はけっこういい父親だろ?」

軽く胸を張る夫に、妃月は微笑んでうなずく。

「世界一の父親で、宇宙一の夫です」

「だったら妃月は銀河系一の花嫁だな」

幸福の記憶を刻んで、生きていく。

――大好きな人たちと、みんなで幸せに生きていく。

きっと、この先もずっと、この命尽きるそのときまで。

「はい、集合写真撮りますよー。みんな、好き放題してないで、こっちに集合！」

「おーい、そこのハッピーウエディングバカップル、いつまでもいちゃついてないでこっち来て。真ん中にコウちゃんも一緒に座って」

その日の写真は、秋名家の宝物のひとつになった。

エピローグ
永遠の七夕をきみに

七月になって、梅雨明けを待つ日々。

幸生《こうせい》のために有己《ゆうき》が買ったルーフバルコニー用のプールは、まだ一度も水を張っていない。

「おおきい水でっぽうしたいのに、はれないね」

「そうだね。夏になったらいっぱい遊べるから、まだもう少し我慢かな」

元気なのは、プランターの植物たち。

最近、幸生はなんとため息をつくようになった。

――コウちゃんにそんなことを覚えさせるほど、わたしってため息ついてる……？

「なんだー、ふたりしてじめじめしてるな」

「パパ、あめいつになったらやむの？」

お風呂掃除を終えてリビングに戻ってきた有己に、幸生が駆け寄る。

「そりゃ、梅雨が明けたら晴れるんじゃないか？」

「つゆはいつおわるの？」

「よし、スマホに聞いてみよう」

ふたりが梅雨明けの予想日を調べているのを見ながら、妃月《ひづき》は無意識に腹部を撫でた。

先週、妊娠七週目と診断されたばかり。

来年には幸生がお兄ちゃんになる。

――それにしても、また早生まれだね。

三月二十五日生まれの幸生は、まだ同じ学年の子たちより小柄だ。

「七月二十日ごろか」

「しちがつはつかは、たなばたのあと？」

「あとだな。まだけっこう先だ」

「おおきい水でっぽう、なかなかあそべないね……」

ふう、とため息をついて幸生が肩を落とす。

「お、幸生、ため息ついたなー？」

それを見逃さずに、有己が楽しげな声をあげた。

「ためいき？」

「はあー、ってしただろ」

「うん、した」

「ため息をつくと、次の日いいことがある」

――え？　そうなの？

聞いたことのない話に、妃月はふたりの会話に耳を澄ませる。

一般的に、ため息をつくと幸せが逃げるというのをよく聞くけれど、翌日いいことがあるという説もあるのか。

「どうして？」

「そう思ってると、明日が来るのが楽しみになるんだ」

彼の言葉に、なるほど、と心の中で相槌《あいづち》を打った。

――ため息って、がっかりしたり落ち込んだり疲れてるときに出る。それで幸せが逃げるなんて思ったら、ますますうんざりするもの。明日が楽しみになるほうがいいな。

「じゃあ、あしたははれ！」

「お、いいぞ、その意気だ。いいことがあるって信じると、夜寝るときも気持ちがいいぞ」

「うん、ぼくがんばる。あしたははれるーはれるー」

節《ふし》をつけて歌うような呪文を唱える幸生には、まだお腹に赤ちゃんがいることは話していない。

有己と相談した結果、お腹が膨らんできたら話すことにした。

幸生にとって、この一年は目まぐるしい変化の年だった。

それまで妃月とふたりきりの生活だったのが、有己の家で三人で暮らすようになり、父親ができたのだ。

幸生なりに、うまく馴染《なじ》んでいるように思うけれど、あまり一気に環境が変わっていくのは心配もある。

大人だって環境の変化にストレスを感じるのだから、敏感な子どもならなおさらだろう。

「神さま？」

「はれたらね、かみさまにおねがいするよ」

「うん。ぼくのいもうとがはやくおうちにきますようにって」

「……妹ってどうしてわかるんだ？」

「ゆめにみたの。おうちにいもうとがくるんだ。ちいさくて、ほいくしょのあかちゃん組の子よりちいさいよ」

満面の笑みで話す幸生には、もしかしたらほんとうにわかっているのかもしれない。

子どもは、ときどきそういうことがあると育児の本にも書いてあった。

オカルトを信じるわけではないけれど、言葉で表現できないこまかな変化を感じ取っている可能性はあると思う。

「そうか。じゃあ、きっといつか来る」

「ほんと? じゃあ、たなばたにおねがいしなきゃ」

――あなたは、女の子なのかな。お兄ちゃんが生まれてくるのをとっても楽しみに待ってるよ。

そっと腹部に手を当てて、妃月は心の中で話しかけた。

§　§　§

今年の七夕は雨だった。

夜になっても晴れ間は見えず、妃月は少しだけ残念に思いながら夫を振り返る。

「コウちゃんの寝かしつけ、ありがとうございます」

「俺の息子なんだから、そのくらいして当たり前だよ」

ルーフバルコニーに通じる窓に手を当てて、雨に濡《ぬ》れた夜空を仰《あお》ぐ。

「思い出すよな」

「……うん」

言葉にしなくても、ふたりにはわかるあの日のこと。

二十歳の誕生日、初めて有己に抱かれた夜。

「雨が降っても、雲の上は晴れてる」

「じゃあ、織姫《おりひめ》と彦星《ひこぼし》は会えるんですね」

「だといいな」

「もう、他人事！」

うしろから優しく妃月を抱きしめて、有己が小さく笑う。

「そりゃ他人事だ。俺は彦星じゃない」

「でも、一年に一度しか会えないなんて、わたしだったら寂しいですよ」

「五年も俺を放置した織姫は、言うことが違うなあ」

わざと棒読みでそう言って、唇をとがらせた妃月に彼がキスした。

「……今の、狙ってたんですか？」

「おまえは、俺をどれほど策士だと思ってるんだ」

「だって、あの会議室のときすごかったから」

いつもは入れ墨が透けて見えないよう、夏でも半袖のTシャツを中に着ている有己が、わざわざ真冬に中のシャツとスーツのジャケットを脱いであの場に臨んだ。

「水、かけられようと考えてたってことですよね」

「そういう場面があったら、多少は役に立つかもしれないとは思った。かけられようと思ったわけじゃないからな。それと、準備しておけって暗に言ったのは岩永《いわなが》のほうだぞ」

——蜂屋《はちや》くん、さすが……！

そういえば、蜂屋は三月の結婚式のあと、映美《えみ》と何度かデートをしていたと聞いている。

もしかしたら遠くない未来、ふたりが結婚することだってあっておかしくない。

「妃月」

「はい？」

「これからは、七夕も毎年一緒に祝えるな」

いじわるだったり、何を考えているかわからなかったり、だけど有己は面倒見がよくて誰よりも優しい人だ。

たった一度の七夕の記憶を胸に抱いて生きていく覚悟をしていたころ、彼と七夕の夜にまたこうして一緒に空を見上げる日が来るなんて想像もしていなかった。

「七夕も、ハロウィンもクリスマスも、大晦日《みそか》も元旦も、バレンタインデーもホワイトデーも一緒ですね」

――でも、やっぱりきっと七夕は特別な日だから。

「そこは、ふたりでいれば永遠に七夕みたいなもんだ、くらい言ってくれてもいいんじゃないか？」

「うーん、今だってなかなかふたりになれないのに、これから赤ちゃんが生まれたらこうして過ごす時間、ぜんぜんなくなっちゃうかもしれませんよ？」

「……善処してくれ」

彼が妃月のお腹に向かってそう言った。

「有己さん、胎児に向かって善処って、善処って……」

「おい、そこまで笑うことじゃないだろ」

「大好きですよ、有己さん」

特別な夜を、特別大好きな人と過ごす。

妃月の七夕は、今年も願いが叶《かな》った夜になる。

短冊がなくても、有己がいてくれればそれでいい。ほかに何もいらないとは言えないけれど、夜だけはふたりきりで——

「愛してるよ、妃月」

彦星は、ここにいるから。

あとがき

こんにちは、麻生《あそう》ミカリです。マーマレード文庫では二冊目となる『極愛婚～(元)極道社長に息子ごと溺愛《できあい》されてます～』をお手にとっていただき、ありがとうございます。

実は、マーマレード文庫ではまだまだ新人なのですが、この本がちょうど自身七十冊目の刊行になりました。同じハーパーコリンズ・ジャパンから発売されているヴァニラ文庫、ヴァニラ文庫ミエルなどでも執筆させていただいています。ご興味をお持ちいただけましたら、そちらもよろしくお願いいたします！

さて、本作はプロット段階から少々迷走し、いろんな方向のお話を考えた末に「元極道ヒーローとのシークレットベビーものにしましょう！」という結論に至りました。ここ三年ほど、毎年一冊は元極道ものを書いている気がします(笑)とはいえ、現役極道ヒーローは書いたことがないのですが！

シークレットベビーものって、ほぼ確定要件で再会愛が含まれますよね。元彼ものが大好きなので、今回もとても楽しく書かせていただきました。

ヒーローの有己《ゆうき》は、とても面倒見のいい男性です。パパ適性を上げていったら、こういうキャラになりました。お料理のできる男性が大好きなので、書いている最中は「うちにも有己がいたらいいのに。一家に一台、秋名《あきな》有己……！」と思っていたほどです。

そして、ヒロインの妃月《ひづき》に関してですが、もしかしたらわたしの書いた中でも歴代トップを争う不憫《ふびん》ヒロインかもしれません。ちなみにダメ男ホイホイだと思います。ストーカー気質男子や、プライドを守るためなら女性を踏《ふ》み台にするような男に好まれやすい……。結婚後は、有己に完全包囲されて安全に暮らしていってもらいたいものです。

カバーイラストを担当いただきました北沢《きたざわ》きょう先生。有己の表情と、ワイシャツのはだけ具合が最高のご褒美《ほうび》です！　妃月が想像していた以上にかわいらしい女性で、幸生《こうせい》は完全に天使でした。ステキなイラストをありがとうございます。

最後になりましたが、この本を読んでくださったあなたに最大級の感謝を。

今年も残りわずかになりました。時世柄、なかなか旅行やイベントに出かけるのも難しく、自由にやりたいことをできない日々が続いているかもしれません。この本が、あなたにとって少しでも日々の疲れを忘れる時間になっていれば嬉《うれ》しいです。
またどこかでお会いできる日を願って。それでは。

二〇二一年　秋の朝、ハーブティーを飲みながら　麻生ミカリ

m a r m a l a d e b u n k o

偽装婚約なのに、腹黒御曹司から
トロトロに甘やかされて!?

ISBN 978-4-596-58889-0

90日の恋人
～同居契約から始まる愛され生活～

麻生ミカリ

社内ではクールな大人の女性と思われている静葉だけど、実は恋愛経験がない元地味女子。ストーキングされて困っているところを、御曹司の初倉伊紀に助けられ、ある契約を持ちかけられる。それは伊紀が海外支社へ出向するまでの三カ月間、彼と偽装婚約し同居すること。突如始まったイケメンとの期間限定の同居生活は、予想外に刺激的で……。

甘くてほろ苦い。キュンとする恋♥　マーマレード文庫　定価 本体600円 + 税

ファンレターの宛先

マーマレード文庫をお買い上げいただきありがとうございます。
この作品を読んでのご意見・ご感想をお聞かせください。

宛先 〒100-0004　東京都千代田区大手町 1-5-1 大手町ファーストスクエア イーストタワー 19 階
株式会社ハーパーコリンズ・ジャパン　マーマレード文庫編集部
麻生ミカリ先生

マーマレード文庫特製壁紙プレゼント!

読者アンケートにお答えいただいた方全員に、表紙イラストの
特製 PC 用・スマートフォン用壁紙をプレゼントします。

詳細はマーマレード文庫サイトをご覧ください!!

公式サイト

@marmaladebunko

twitter も チェック!

原・稿・大・募・集

マーマレード文庫では
大人の女性のための恋愛小説を募集しております。

優秀な作品は当社より文庫として刊行いたします。
また、将来性のある方には編集者が担当につき、個別に指導いたします。

募集作品
男女の恋愛が描かれたオリジナルロマンス小説（二次創作は不可）。
商業未発表であれば、同人誌・Web上で発表済みの作品でも
応募可能です。

応募資格
年齢性別プロアマ問いません。

応募要項
・パソコンもしくはワープロ機器を使用した原稿に限ります。
・原稿はA4判の用紙を横にして、縦書きで40字×32行で130枚〜150枚。
・用紙の1枚目に以下の項目を記入してください。
①作品名（ふりがな）／②作家名（ふりがな）／③本名（ふりがな）
④年齢職業／⑤連絡先（郵便番号・住所・電話番号）／⑥メールアドレス／⑦略歴（他紙応募歴等）／⑧サイトURL（なければ省略）
・用紙の2枚目に800字程度のあらすじを付けてください。
・プリントアウトした作品原稿には必ず通し番号を入れ、
右上をクリップなどで綴じてください。
・商業誌経験のある方は見本誌をお送りいただけるとわかりやすいです。

注意事項
・お送りいただいた原稿は返却いたしません。あらかじめご了承ください。
・応募方法は必ず印刷されたものをお送りください。
CD-Rなどのデータのみの応募はお断りいたします。
・採用された方のみ担当者よりご連絡いたします。選考経過・審査結果についてのお問い合わせには応じられませんのでご了承ください。

m a r m a l a d e b u n k o

応募先
〒100-0004　東京都千代田区大手町1-5-1　大手町ファーストスクエア　イーストタワー19階
株式会社ハーパーコリンズ・ジャパン「マーマレード文庫作品募集」係

ご質問はこちらまで E-Mail / marmalade_label@harpercollins.co.jp

marmalade bunko
マーマレード文庫

極愛婚
～（元）極道社長に息子ごと溺愛されてます～

2021年10月15日　第1刷発行　定価はカバーに表示してあります

著者　麻生ミカリ　©MIKARI ASOU 2021
発行人　鈴木幸辰
発行所　株式会社ハーパーコリンズ・ジャパン
東京都千代田区大手町1-5-1
電話　03-6269-2883（営業）
0570-008091（読者サービス係）
印刷・製本　中央精版印刷株式会社

ISBN-978-4-596-01541-9

m a r m a l a d e b u n k o